Максим Д. Шраер

Антисемитизм и упадок русской деревенской прозы

Астафьев, Белов, Распутин

Academic Studies Press
БиблиоРоссика
Бостон / Санкт-Петербург
2020

УДК 82.09
ББК 83.3(2)
Ш85

Книга публикуется в авторской редакции

Серийное оформление и оформление обложки Ивана Граве

Шраер М. Д.

Ш85 Антисемитизм и упадок русской деревенской прозы. Астафьев, Белов, Распутин / Максим Д. Шраер. — СПб.: Academic Studies Press / БиблиоРоссика, 2020. — 111 с. — (Серия «Современная западная русистика» = «Contemporary Western Rusistika»).

ISBN 978-1-6446945-1-0 (Academic Studies Press)
ISBN 978-5-6044709-1-6 (БиблиоРоссика)

В новой монографии русско-американского писателя и исследователя, профессора Бостонского Колледжа Максима Д. Шраера подробно анализируется творческий путь ведущих представителей русской деревенской прозы Виктора Астафьева, Василия Белова и Валентина Распутина. Книга Шраера показывает, как писатели-«деревенщики» активно распространяли как бытовые, так и государственные формы советского антисемитизма. Согласно Шраеру, ведущие писатели-«деревенщики» сами вызвали упадок русской деревенской прозы, вписав антисемитский нарратив в свои литературные произведения и публичные дискурсивные заявления.

УДК 82.09
ББК 83.3(2)

ISBN 978-1-6446945-1-0
ISBN 978-5-6044709-1-6

© Maxim D. Shrayer, текст, 2020
© Academic Studies Press, 2020
© Оформление и макет
ООО «БиблиоРоссика», 2020

Краткая предыстория

Летом 1998 года я провел два месяца в Вашингтоне в качестве стипендиата Кеннановского института по изучению России. Я снимал у пожилой вдовы квартиру в узком трехэтажном особняке у подножья Капитолийского холма, неподалеку от немецкого ресторана Café Berlin. Каждый день, кроме выходных, я проводил в библиотеке Конгресса США, собирая материалы для нового исследования. В мои задачи входило не только перечитать и прочитать наново все опубликованное Виктором Астафьевым, Василием Беловым и Валентином Распутиным — тремя столпами русской деревенской прозы, — но и описать динамику литературной карьеры каждого из них. Я поднял практически весь пласт критической литературы о писателях-«деревенщиках», опубликованной к тому времени. Результатом моей работы стало эссе «Антисемитизм и упадок русской деревенской прозы» («Anti-Semitism and the Decline of Russian Village Prose»), которое вышло осенью 2000 года в ежеквартальнике «Партизан Ревью» [Shrayer 2000]. Публикация была замечена главным образом политологами и культурологами, занимающимися вопросами расовых и религиозных предрассудков, и вызвала отклики в американских академических кругах[1]. В тогдашней России статья осталась без внимания, и только в последние годы на нее стали появляться ссылки в работах российских исследователей[2].

С тех прошло два десятилетия, из жизни ушли антигерои моих исследований. Сначала, в 2001 году, умер Астафьев, следом за ним, в 2012 году, Белов, а последним Распутин — в 2015 году. Появился повод вернуться к давним наработкам и заполнить критические пробелы уже с дистанции двадцати пяти лет постсоветской истории и культуры[3].

Вернувшись к проблематике жизни и творчества писателей-«деревенщиков» в 2016 году, я изначально предполагал написать это исследование по-английски и предложить его американскому издательству. Однако вновь погружаясь в материал, перечитывая произведения Астафьева, Белова и Распутина и размышляя о наследии этих писателей, я пришел к выводу, что моя книга должна

---

[1] См.: [Parthé 2004], особенно с. 85–86.

[2] В книге Анны Разуваловой обзору моих доводов и полемике с моими заключениями уделено немало страниц [Разувалова 2015] (см. последнюю главу книги, "Деревенская проза" и ответ на "еврейский вопрос"», с. 418–540, особенно с. 425–428, 477–478). Ранний вариант части книги опубликован в статье: [Разувалова 2013], но без ссылок на мою статью.

[3] Сокращенный ранний вариант главы, посвященной карьере Виктора Астафьева, был представлен 2 ноября 2016 года на 1-й Московской международной конференции по противодействию антисемитизму «Защитим будущее» и опубликован; см.: [Шраер 2018].

быть опубликована именно в России. Отправляя эту книгу в печать, хочу отметить, что моя цель — дотянуться до правды, а не провоцировать. Российские читатели заслуживают честного разговора, а не ухода в сторону от проблемы национального значения. Иначе российское общество не преодолеет наследие советской тоталитарной культуры.

ноябрь 2019 года
Бруклайн — Саут Чэттем, шт. Массачусетс

Антисемитизм писателя, оценка критика и отравленные плоды апологетики

Как провести черту между художественными достижениями и моральным безобразием писателя? Как оценивать писателя, который о своем родном народе говорит с художественной честностью, но при этом с враждебностью и злобой пишет о тех этнических и религиозных группах, которые воспринимает как чужаков, несущих разрушение культуре и традициям его родной земли? Должны ли мы, изучая динамику литературной карьеры, идентифицировать вспышки нетерпимости — эти кровоточащие узлы поэтики и политики — на траектории творческого пути писателя? Подобные «проклятые» вопросы занимают исследователей антисемитизма уже давно. Публикация книги британского юриста, культуролога и историка Энтони Джулиуса «Т. С. Элиот, антисемитизм и литературная форма» [Julius 1995] вызвала к жизни полемику не только в западных академических изданиях, но и в европейском и североамериканском мейнстриме. Обвинения в религиозных или этнорасовых предрассудках, выдвигаемые в адрес того или иного писателя, зачастую приводят критиков к поляризации оценок, а порой вообще заводят их в интеллектуальный тупик.

В зависимости от отношения к антисемитизму исследуемой творческой личности можно выделить две основные категории: обвинители-обличители и защитники-оправдатели. В суде академической науки и общественного мнения обвинители предлагают переоценить репутацию писателя в свете его антисемитских сочинений или антиеврейского публичного поведения. Рьяно-благочестивые критики порой призывают изгнать обвиненного в антисемитизме писателя из литературного канона, низвергнуть с национального пьедестала. Что, конечно, легче сказать, чем сделать, особенно когда наследие писателя, художника, композитора представляет собой неотъемлемую часть национальной литературной традиции или же мировой культуры. Вспомним, к примеру, дебаты, связанные с появлением книги американского музыковеда канадского происхождения Майкла Мариссена «Лютеранство, антииудаизм и "Страсти по Иоанну" Баха» [Marissen 1998], а также последовавшей за ней книги Мариссена «Подпорченное величие в "Мессии" Генделя» [Marissen 2014]. В первой Мариссен критически оценил музыкальную трактовку И. С. Бахом вопроса об ответственности евреев за смерть Иисуса (в «Страстях по Иоанну»), а во второй писал об антииудейской направленности музыкального триумфализма Генделя, воспевавшего победу Рима и разрушение Второго Храма. Аргументы и находки, ставящие под сомнение канонический ореол, как правило, рождают новый виток апологетики.

Для апологетики, особенно апологетики «канонизированных» писателей, характерны две принципиальные стратегии. Нередко критики и биографы игнорируют у защищаемого писателя вспышки нетерпимости, отказываются признать его предрассудки как факт. В контексте споров об антисемитизме Достоевского, особенно в «Дневнике писателя», Гэри Соул Морсон назвал игнорирование обвинений в антисемитизме «отрицательной апологетикой»[1]. (Забегая вперед, замечу, что среди недавних примеров «отрицательной апологетики» можно выделить книгу Юрия Ростовцева «Виктор Астафьев», выпущенную в серии «Жизнь замечательных людей» в 2009 году [Ростовцев 2009].) В отличие от прямолинейной апологетики отрицания или замалчивания, в академической среде распространена более сложная ее форма, которая представляет антисемитизм, расизм, ксенофобию как явления маргинальные или окказиональные, как проявления дискурсивности или же публичного поведения, нетипичные для художественного мира писателя. К этой категории, пожалуй, принадлежит глава из недавней книги Евгения Ермолина «Последние классики» — самый глубокий постсоветский текст об Астафьеве[2]. Процитируем суждение Ермолина:

---

[1] См.: [Morson 1983: 312]. Морсон позднее опубликовал расширенный вариант этой статьи: [Morson 1996].

[2] См.: [Ермолин 2016]. Ермолину также принадлежит критический и полемический обзор прозы «деревенщиков», написанный в 1992 году и частично опубликованный в 2011 году. См.: [Ермолин 2011]. См. также эссе Олега Лекманова памяти Валентина Распутина [Лекманов 2015].

> К 90-м годам в творчестве Астафьева, кажется, назрел кризис. Его отпечатки несет литературно-публицистическая деятельность писателя середины и конца 80-х годов. Не ради эпатажа принимается он в это время ругать мужчин и женщин, интеллигенцию и простонародье, грузин и евреев, и русских, обличать и начальство, и подчиненных. То были для Астафьева годы самого радикального самоутверждения, осознания себя как судьи миру и человеку, народам, нациям, власти, стране, своих мнений — как мерила всех вещей, близких и далеких [Ермолин 2016: 37].

Для апологетики характерны попытки представить антисемитизм как одно из типичных проявлений общей нетерпимости населения к Чужому, распространенной в данной культуре или социальной среде в тот или иной исторический период, и потому не заслуживающей особого внимания в контексте творческой биографии писателя. Любая апологетика, и особенно апологетика тех, кто намеренно смягчает противоречия и сглаживает неровности, представляется мне несправедливой по отношению к самим писателям и их творческому наследию. Трудно избежать апологетики в адрес любимых авторов и ставших родными текстов. Но еще тяжелее писать полуправду и жить под бременем недосказанного и замалчиваемого.

В историко-культурном пространстве России, где писатели спорят о политике на страницах ведущих газет, а политики сочиняют стихи в тюремном заключении, авторская позиция по еврейскому вопросу способна не только зафиксировать климат общества, но и гальванизировать общественное мнение. Начиная с 1860-х годов русские писатели играли ключевую роль в артикуляции еврейского вопроса для широкой читательской публики. Высказывания русских писателей против иудаизма, еврейской идентичности и вклада евреев в историю и культуру России не отличались какой-то особенной глубиной и новизной. Суть проблемы в ином: сначала в царский, потом в советский, а теперь уже в постсоветский период антисемитские идеи и антииудейские посылы легитимировались в национальной культуре именно за счет своего соседства (на страницах романов, рассказов, стихов) с глубокими раздумьями о русском народе или же гениальными описаниями русской природы.

Пожалуй, невозможно вообразить исследователя антисемитизма в культуре, занимающего нейтральную позицию. Пафос обличения почти так же неизбежен, как и сознательная апологетика, и я это хорошо понимаю. Тем не менее, исследуя антисемитизм, я стараюсь отдавать должное не только смыслу и значению авторских высказываний в адрес евреев — высказываний порой грубых и примитивных, — но и кодам идеологии и культуры, которые стоят за этими высказываниями. Это и приводит меня, уже не в первый раз, к разговору о русской деревенской прозе.

Писатели-«деревенщики» и еврейский вопрос

К числу ведущих представителей русской деревенской прозы обыкновенно относят Виктора Астафьева (1924–2001), Федора Абрамова (1920–1983), Василия Белова (1932–2012), Валентина Распутина (1937–2015), Владимира Солоухина (1924–1997) и Василия Шукшина (1929–1974). Диссонирующие голоса «деревенщиков» были особенно слышны на советской литературной сцене в поздние 1960-е, 1970-е и ранние 1980-е годы. В середине 1970-х, отчасти из-за усиления деятельности русского ультрапатриотического крыла внутри советского культурного истеблишмента[1], а также под впечатлением от нарастающей волны эмиграции евреев из Советского Союза, писатели-«деревенщики» оприходовали антиеврейский нарратив российской истории XX столетия. В соответствии с этим тенденциозным нарративом на евреев возлагалась вина за русскую революцию, за превращение России в безрелигиозную страну, за разрушение русской деревни, за манипулирование культурой и средствами массовой информации, и наконец, за то, что они

---

[1] Об истории русского ультранационалистического движения в советский послевоенный период см.: [Митрохин 2003].

якобы оставили Россию на грани катастрофы. Разумеется, писатели-«деревенщики» были не первыми и не последними — в России и в других странах и культурах, — кто сваливал на евреев ответственность за общенациональные бедствия. Но случай русских писателей-«деревенщиков» примечателен для историков еврейского вопроса именно тем, с какой целокупностью и решимостью они выполняли роль «медиатора»[2]. Я пользуюсь термином философа культуры Рене Жирара, который предложил его в книге «Козел отпущения» (Le bouc émissaire, 1982), посвященной стереотипам преследования. Иначе говоря, укореняя стереотипно-негативное восприятие роли евреев в истории и культуре, писатели-«деревенщики» выполняли одновременно две функции: исказителя информации и связующего звена. Применяя жираровскую модель к советской послевоенной истории, можно заметить, что риторическими и художественными средствами писатели-«деревенщики» преодолевали барьер между «незначительностью индивидуума» (будь он русский или еврей)

---

[2] См.: [Girard 1986: 15]. Книга Жирара «Козел отпущения» («Le bouc émissaire») вышла во французском оригинале в 1982 году. Здесь и далее я цитирую авторизованный английский перевод книги. Штудируя публикации последних двух десятилетий, посвященные русской деревенской прозе, я с интересом отметил статью Александра Журова о Василии Белове, опубликованную в 2013 году. Идя в какой-то мере по следам моего исследования 2000 года («Anti-Semitism and the Decline of Russian Village Prose»), на которое Журов, к сожалению, не ссылается, исследователь опирается на теоретические выкладки из книги Жирара. При этом, осциллируя между отрицательной апологетикой и восхищением «жив<ым>, колеблющ<имся> сознани<ем>» писателя, Журов приходит к иным выводам на предмет наследия Белова. См.: [Журов 2013].

и «громадностью тела общества» (советского и постсоветского).

Вспомним роман Оскара Уайльда «Портрет Дориана Грея» (1890), в котором этическая деградация героя приводит к его эстетическому обезображиванию. Нечто подобное наблюдается и в случае с упадком деревенской прозы. Упадок этот наступил не только в силу стагнации и приближавшегося конца советской системы, но и в результате внутреннего конфликта между художником и носителем ультранационалистических идей. Неспособные или не пожелавшие писать о евреях с той же мерой правдивости и ответственности за свои слова, с которой они писали о русских, некоторые из писателей-«деревенщиков» выражали гнев, бессилие и растерянность в экстремистских дискурсивных заявлениях, в то время как другие перешли от сочинения оригинальных романов и рассказов о деревенской жизни к посредственной городской прозе, пронизанной предрассудками, а также к ходульным историческим романам, воспроизводящим общие места христианской юдофобии и современного антиеврейского дискурса.

В настоящей работе мне хотелось бы осветить карьеры трех известнейших и крупнейших представителей русской деревенской прозы, Виктора Астафьева, Василия Белова и Валентина Распутина. В жизни и творчестве этих «трех В» русской деревенской прозы воплощены разные траектории послевоенной советской литературы, разные пути писателей-«деревенщиков», — ветерана Великой Отечественной войны, крестьянского коммуниста-карьериста и провинциального интеллигента.

Виктор Астафьев. Нутряной антисемит вопреки самому себе

Виктор Астафьев родился в 1924 году в селе Овсянка в Красноярском крае и в детстве лишился отца и матери. Астафьев пошел добровольцем на фронт и воевал в 1943–1945 годах, после войны работал на Урале и обратился к литературному труду только в начале 1950-х годов. В 1959–1961 годах Астафьев учился на Высших литературных курсах в Москве. На заре своей литературной карьеры он видел много добра от представителей советской интеллигенции, таких как литературные сотрудники «Нового мира» Борис Закс и Анна Берзер[1]. Тем не менее с первых публикаций и до конца его дней произведения Астафьева были пропитаны враждебностью к интеллигенции. Интеллигенты, значительная часть которых у Астафьева маркирована еврейским происхождением, изображены как люди высокомерные, весьма ограниченно понимающие жизнь простых русских. Вот выдержка из письма 1959 года:

---

[1] О Заксе и Астафьеве см.: [Ростовцев 2009: 127–128]. О Берзер см.: В. П. Астафьев. Письмо (жене и детям). 15 августа 1960 года [Астафьев 2009: 39].

> Хотя Лев Никулин и уверяет, что житье в Москве якобы возвышает людей культурно над периферийщиками, я все же остаюсь ярым приверженцем «бескультурной», но и не объевропеившейся, в худшем смысле того слова, периферии. Старый пердун он, этот Лев, если так позволяет себе думать о так называемой периферии. Она ему все кажется сирой Русью, какой была до отмены крепостного права[2].

Астафьев почти без исключения реагирует на реальных евреев в негативно-стереотипном ключе и рисует еврейских персонажей как нечистых на руку, надменных, трусливых и гротескных. Анекдотический антисемитский оборот «хоть еврей, но хороший человек» он употребляет без малейшей интроспекции. В 1974 году заболевший пневмонией Астафьев пишет жене из винницкой больницы:

> Мест нигде нет — все забито. Его [кинорежиссера Артура Войтецкого] школьный соученик, профессор Шкляр, освободился лишь вечером (еврей, а мужик хороший, твердый, чуткий) — аж побелел, обзванивая всё и вся. К ночи меня уже увезли в санлечуправление (так здесь называется спецклиника)[3].

В ранней повести «Звездопад» (1961) появляется фотограф с абсурдным для еврея сочетанием имени и отчества и не менее издевательской фамилией — Изик Изикович Шумсмагер, — которая, похоже, анаграмматически («шум-бум») отсылает к Исаю Фомичу Бумштейну из «Записок из Мертвого дома» Достоевского. В большом цикле рас-

---

[2] В. П. Астафьев. Письмо П. В. Чацкому. 5 июля 1959 года [Астафьев 2009: 31].

[3] В. П. Астафьев. Письмо жене. Сентябрь 1974 года [Астафьев 2009: 195].

сказов и мемуарных записей, названном «Последний поклон» (1968–1988; 1989), автобиографический герой Астафьева вспоминает инцидент со школьной учительницей, еврейкой. Следующее описание вряд ли наполнено любовью к русским евреям:

> В класс с указкой, картами и журналом в беремени вошла Ронжа — такое прозвище носила учительница за рыжую вертлявую голову, зоркий глаз и керкающий голос. На самом деле Софья Вениаминовна, географичка, наш классный руководитель. Ростику Ронжа от горшка два вершка и потому готова уничтожить всех, кто выше ее и умней [Астафьев 1994а, 2: 18].

Неприятный образ русской еврейки метафорически внедряется в травмированное сознание подростка, которому учительница видится «рыжей птах<ой>, повсеместно обитающей в русских лесах, красивой птах<ой>, но вороватой, ушлой и шибко надоедной» [Астафьев 1994а, 2: 18]. В пароксизме ненависти к евреям и интеллигентам юный хулиган избивает учительницу, и сквозь описание этого избиения сочатся полусознательные ассоциации обезумевшего погромщика:

> Я хлестанул голиком по ракушечно-узкому рту, до того вдруг широко распахнувшемуся, что в нем видна сделалась склизкая мякоть беззвучавшего языка, после хлестал уже не ведая куда... За голод. За одиночество, за страх, за Кольку, за мачеху, за Тишку Ломова — за все полосовал я не Ронжу, нет, а всех бездушных, несправедливых людей на свете. Голик рассыпался в руке — ни прутика, я сгреб учительницу за волосья, свалил на пол и затоптал бы, забил бы

до смерти жалкую, неумелую тварь, но судьба избавила меня от тяжелого преступления, какой-то народ навалился на меня, придавил к холодным доскам пола [Астафьев 1994а, 2: 19].

Именно глубокое, послойное прочтение такого рода эпизодов, воспроизведенных Астафьевым уже в зрелом возрасте, показывает продуманность и намеренность изображения еврейских персонажей; оглядываясь на прошлое, писатель по-прежнему находит учительницу-еврейку достойной отвращения, а свое подростковое «я» — достойным уважения. В ряде эпизодов Астафьев обращается к антиеврейским аллегориям и тропам, как, например, в истории о том, как один из «мастеров-евреев» растерзал золотое перо русского писателя [Астафьев 1994а, 2: 357].

Лишь в романе «Царь-рыба» (1977), который я считаю шедевром Астафьева и одним из важнейших произведений позднего советского периода, писатель нашел в себе силы на время отринуть антиеврейские стереотипы. Роман «Царь-рыба» задуман как цикл рассказов и зарисовок, связанных воедино скорее персоной автора-повествователя, чем сквозным сюжетом. Действие романа происходит в Сибири в 1930–1970-е годы. В «Царь-рыбе» Астафьев оплакивает соборно-коллективный дух семейной любви и соседской взаимопомощи, исчезающий из жизни российских сел и деревень. Несмотря на тяжелейшие условия жизни и сталинское государственное порабощение крестьян, повествователь вспоминает довоенное детство, проведенное на берегах Енисея и его притоков, как утерянный рай. С особенным совершенством языка и стиля — с чувством острейшей ностальгии по уничтоженной пасторали — написаны страницы раннего детства, в которых запечатленная память писателя соединяется с воображенными воспоминаниями авторского избранника Акима, имя которого происходит от древнееврейского Иоаким (יְהוֹיָקִים) — «Адонай поставит / утвердит» — и в христианском предании ассоциируется с прямым потомком царя Давида, Иоакимом из Назарета, мужем Анны, отцом Марии и дедом Иисуса.

В «Царь-рыбе» Астафьев с глубиной и трепетом размышляет о еврейском вопросе. Это неслучайно. Судя по всему, начало и середина 1970-х, когда Астафьев работал над романом, были для него временем тягостного переосмысления картонно-жестяных еврейских персонажей, встречающихся на страницах ранних вещей писателя. Именно «Царь-рыба», опубликованная, когда еврейская эмиграция из брежневского СССР достигла высшей точки, стала для Астафьева текстом, в котором он максимально, но все же не до конца открылся еврейскому вопросу. После «Царь-рыбы» Астафьев вернется к еврейско-русским отношениям уже в середине и конце 1980-х, на этот раз в дискурсивной форме, и его высказывания этого периода показательны своей враждебностью и нетерпимостью по отношению к евреям.

Возвращаясь к переплетению поэтики и политики в «Царь-рыбе», заметим, что рассказчик Астафьева терзается из-за загубленной российской природы и из-за подъема крайнего индивидуализма, стяжательства и хищничества среди своих сограждан. Мучительная авторская рефлексия Астафьева находит воплощение в мифопоэтической модели еврейско-русских отношений и правдивом объяснении потерь природно-экологических и духовных ценностей (правдивом с точки зрения создателя романа!). В «Царь-рыбе» сразу несколько мотивов из евангельских рассказов о проповедях и страданиях Иисуса Христа встроены в архетипический сюжет братоубийства Авеля Каином. Отношения между русскими и евреями аллегоризированы в истории рыбной ловли как духовного поиска («Я сделаю вас ловцами человеков», — говорит Иисус Андрею и Симону [Петру] в Мф. 4: 19)[4] и убийства Иисуса Христа (рыба, ИХТИС [Ιχθύς], акроним имени Христа, это ключевой христианский символ). При этом отношения между русскими и евреями представлены в виде треугольника желания, в котором соперничество происходит в буквальном смысле за волшебного (быть может, даже двуполого?) осетра, в более аллегорически-переносном — за женщину, а в наиболее фигуральном смысле — за саму Россию, ее природу и ее историю.

В центральных эпизодах романа рассказывается о братьях Утробиных, в фамилии которых заключен двойной смысл — «матка» как орган женского тела и «нутро» как внутренности очевидного и происходящего перед глазами. Отношения братьев-рыбаков из далекого сибирского села изуродованы взаимной враждой и братоубийственными видениями. Браконьерствуя на Енисее, старший Утробин вступает в единоборство с огромным осетром, известным в местном фольклоре как Царь-рыба. (Сама сцена поединка одинокого рыбака с рыбиной, по-видимому, навеяна чтением повести Хемингуэя «Старик и море» (1952), опубликованной в СССР в русском пере-

---

[4] Русский перевод цит. по: [Библия 1992: 1014].

воде в 1955 году⁵.) Рыбина так огромна и сильна, что старшему Утробину одному с ней не справиться. Стараясь одолеть рыбину, Утробин падает за борт и попадается на свои же собственные крючки. Истекающая кровью рыбина и истекающий кровью ловец теперь в прямом смысле «повязаны одним смертным концом»⁶. После долгой борьбы рыбина «снялась с самолова, изорвав свое тело в клочья, унеся в нем десятки смертельных уд» [Астафьев 1980: 158]. Что ждет Утробина-старшего? Умрет ли один мучительной смертью или будет спасен младшим братом, рыбаком по прозвищу Командор? Открытая концовка эпизода скрывает от читателя авторский ответ на этот вопрос. Братья Утробины происходят из русской, православной семьи сибиряков. Но сам библейский мотив братоубийства (из четвертой главы Книги Бытия еврейского Священного Писания), сдвоенный с убийством рыбины как аллегорией убиения Иисуса Христа, намекает на мифопоэтическую трактовку еврейского вопроса в романе Астафьева. Вспомним не только царское происхождение еврея Иисуса из Назарета, но и убийство царя Николая II и его семьи в 1918 году. Если Астафьев, называющий осетра библейских размеров Царь-рыбой, действительно выстраивает сложную аллегорию отношений между русскими и евреями, его позицию можно подытожить следующим образом. С одной стороны, с распро-

---

⁵ На это независимо указывает Евгений Ермолин, который несколько иначе оценивает параллель с Хемингуэем. См.: [Ермолин 2016: 41].

⁶ Роман Астафьева «Царь-рыба» был первоначально опубликован в журнале «Наш современник» в 1976 году и удостоился Государственной премии СССР за 1978 год. Цит. по: [Астафьев 1980: 150].

страненной антииудейской и антисемитской точки зрения, которой придерживаются многие русские ультранационалисты, на евреев возлагается коллективная вина и ответственность за смерть Иисуса Христа и за смерть последнего российского царя. (В 1986 году, в переписке с Натаном Эйдельманом, к которой мы вскоре обратимся, Астафьев прямо обвинит евреев в регициде.) В этом отношении Утробин-старший ведет себя как стереотипный «еврей», стремясь убить Царь-рыбу; в романе реально действуют сразу несколько евреев — браконьеров и губителей природы. С другой стороны, антисемитизм как таковой и такие его экстремистские формы, как убиение евреев, репродуцируют убийство Иисуса Христа. Последняя точка зрения на насилие над евреями восходит к раннему и средневековому христианству. (К примеру, о том, что, убивая еврея, христианин воспроизводит акт убийства Иисуса Христа, говорил св. Бернард Клервоский [1091–1153].) Эта точка зрения на христианско-еврейские отношения проходит красной нитью через труды русских религиозных философов, особенно Владимира Соловьева и Николая Бердяева. Совершая насилие над своими еврейскими братьями и сестрами, русские тем самым совершают недостойные и антихристианские поступки.

Почему Астафьев обратился к библейским аллегориям, чтобы передать состояние русско-еврейских отношений в советской России брежневской эпохи? Подействовала ли на него поднимавшаяся волна еврейской эмиграции из СССР? Только между 1972 и 1974 годами, т. е. в период написания «Царь-рыбы», по израильским визам из СССР выехало около 87 000 человек [Tolts 2020]. Важен тот факт, что авторский взгляд на еврейский вопрос менялся по ходу сочинения романа, и, как это часто бывает, за раскаянием последовало чувство стыда и новая озлобленность. Поздние главы «Царь-рыбы» последовательно изображают евреев виновниками оскудения русской деревни и русской природы. По отношению к русским евреи в поздних эпизодах романа ведут себя пренебрежительно и высокомерно. Появление важнейшего еврейского персонажа в романе предвещает эпизодический персонаж, «возглавля‹вший› приезжих отпускников»: «картавый мужчина с весело сверкающими золотыми зубами, с провисшей грудью, охваченной куржачком волос. Связчики в шутку, но не без почтения именовали его шефом, а всерьез — зубоставом» [Астафьев 1980: 159]. Лютая нетерпимость к евреям выражена с особенной ясностью и прямотой в образе Георгия (Гоши) Герцева, хищника и губителя природы. Тем не менее роман заканчивается пророческими стихами из начала третьей главы Екклезиаста, к которым Астафьев присовокупил две строки собственных терзаний. Означала ли цитата из древнееврейского поэта («...время любить, и время ненавидеть; / время войне, и время миру» [Еккл. 3: 8; ср. Астафьев 1980: 400]), что автор «Царь-рыбы» не оставляет никакой надежды на облегчение русско-еврейских противоречий? С этого момента карьера Астафьева могла развиваться в двух направлениях: по вектору терпимости и по вектору враждебности и отрицания. Он выбрал второе.

В 1984 году популярный московский журнал «Иностранная литература» опубликовал перевод романа «Мертвая зона» (1979) американского мастера современной «готической» прозы Стивена Кинга. В январе 1986 года в журнале «Октябрь» появился короткий роман Астафьева «Печальный детектив», рисующий ужасающую картину провинциальной советской жизни середины 1980-х годов. В этом романе еврейский вопрос вовсе не находился в центре внимания Астафьева. И тем не менее писатель не смог обойтись без выпадов в адрес евреев. Главный герой романа, милиционер и литератор Сошнин, решил

> ...пополнить образование и затесался на заочное отделение местного пединститута, с уклоном на немецкую литературу, и маялся вместе с десятком местных еврейчат, сравнивая переводы Лермонтова с гениальными первоисточниками, то и дело натыкаясь на искомое, то есть на разночтения, — Михаил Юрьевич, по мнению вейских мыслителей, шибко портил немецкую культуру [Астафьев 1991, 1: 459].

В мае 1986 года Астафьев опубликовал в журнале «Наш современник» — тогдашнем флагмане русско-советского почвенничества — рассказ «Ловля пескарей в Грузии» (1984; опубликован в 1986 году; полный вариант — 1997 год)[7]. В августе 1986 года Астафьев получил письмо от Натана Эйдельмана (1930–1989) — писателя, историка русской культуры конца XVIII и начала XIX веков. Еврей по происхождению, Эйдельман был далек не только от

---

[7] Уже в постсоветские годы Астафьев опубликовал в 15-томном собрании сочинений полный вариант рассказа, без сокращений, с авторским предисловием, послесловием и комментарием, в котором он не отказался от своих ксенофобских высказываний и попытался найти им дополнительное обоснование. В разборе скандала, последовавшего за публикацией рассказа в 1986 году, Астафьев еще раз коснулся переписки с Эйдельманом и высказал

еврейской тематики в своем творчестве, но и от еврейского движения в СССР и проблем эмиграции и отказа, особенно остро стоявших перед советскими евреями в 1970–1980-е годы. Непосредственным поводом для обращения Эйдельмана к Астафьеву послужил рассказ «Ловля пескарей в Грузии», в котором объектом ксенофобского издевательства стали не евреи, а грузины и сама Грузия. Возражения Эйдельмана высказаны не с позиции еврейского самоотражения, а с более абстрактной точки зрения советского либерального интеллигента, считающего отвратительным любое проявление расовых предрассудков — будь то по отношению к грузинам, евреям или казахам. Первое письмо содержало в себе предупреждение: опускаясь до нетерпимости и ксенофобии, Астафьев предает свой талант. Процитируем слова Эйдельмана:

> А если всерьез, то Вам, Виктор Петрович, замечу, как читатель, как специалист по русской истории: Вы (да и не Вы один!) нарушаете, вернее, очень хотите нарушить, да не всегда удается — собственный дар мешает оспорить — главный закон российской мысли и российской словесности. Закон, завещанный величайшими мастерами, состоит в том, чтобы, размышляя о плохом, ужасном, прежде всего, до всех сторонних объяснений, винить себя, брать на себя; помнить, что нельзя освободить народ внешне более,

---

нелестные слова в адрес своих бывших товарищей по редакции журнала «Наш современник». См.: [Астафьев 1998, 13: 245–336; 731]. В связи с перепиской Астафьева с Эйдельманом Ермолин писал о «весьма некомплиментарны‹х› суждения‹х› ‹Астафьева› о грузинах и евреях». См.: [Ермолин 2016: 34].

чем он свободен изнутри (любимое Львом Толстым изречение Герцена). Что касается всех личных, общественных, народных несчастий, то чем страшнее и сильнее они, тем в большей степени их первоисточники находятся внутри, а не снаружи. Только подобный нравственный подход ведет к истинному, высокому мастерству. Иной взгляд — самоубийство для художника, ибо обрекает его на злое бесплодие [Эйдельман и Астафьев 1990[8]].

В октябре 1986 года Астафьев ответил Эйдельману грубым и прямолинейным письмом. В отличие от первого письма Эйдельмана, которое можно цитировать выборочно по причине его дискурсивной стройности и продуманности, ответ Астафьева воспринимается как неструктурированный и местами бесконтрольный поток речи, произнесенный в припадке ненависти к Чужому. Цитировать лишь отдельные пассажи — значит снизить то чудовищное впечатление, которое производит весь текст Астафьева. Тем не менее процитируем на выбор два отрывка. Вот выдержка из первой половины ответа Астафьева Эйдельману:

> Нынче летом умерла под Загорском тетушка моей жены, бывшая нам вместо матери, и перед смертью сказала мне, услышав о комедии, разыгранной гру-

---

[8] Эта публикация доступна в Интернете: http://lib.ru/PROZA/ASTAFIEW/p_letters.txt (дата обращения: 23.02.2020). До позднесоветской публикации в рижском журнале «Даугава» переписка широко ходила в советском самиздате и публиковалась в русскоязычной западной периодике; см.: [Эйдельман и Астафьев 1986; Эйдельман и Астафьев 1987].

зинами на съезде: «Не отвечай на зло злом, оно и не прибавится»... Последую ее совету и на Ваше черное письмо, переполненное не просто злом, а перекипевшим гноем еврейского высокоинтеллектуального высокомерия (Вашего привычного уже «трунения»), не отвечу злом, хотя мог бы, кстати, привести цитаты и в первую голову из Стасова, насчет клопа, укус которого не смертелен, но... [Эйдельман и Астафьев 1990: 65][9].

А вот концовка ответа Астафьева:

Пожелаю Вам того же, чего пожелала дочь нашего последнего царя, стихи которой были вложены в Евангелие: «Господь! Прости нашим врагам, Господь! Прими и их в объятия». И она, и сестры ее, и братец обезножевший окончательно в ссылке, и отец с матерью расстреляны, кстати, евреями и латышами, которых возглавлял отпетый, махровый сионист Юрковский[10]. Так что Вам, в минуты утешения души, стоит подумать и над тем, что в лагерях вы находились и за преступления Юрковского <sic> и иже с ним, маялись по велению «Высшего судии», а не по развязности одного Ежова. Как видите, мы, русские, еще не потеряли памяти и мы все еще народ Большой, и нас все еще мало убить, но надо и повалить. Засим кланяюсь. И просвети Вашу душу всемилостивейший Бог! [Эйдельман и Астафьев 1990: 66; ср. Астафьев 2009: 398].

---

[9] Ср. В. П. Астафьев. Письмо Н. Я. Эйдельману. 14 сентября 1986 года [Астафьев 2009: 398].

[10] Имеется в виду революционер, большевик Я. М. Юровский, комендант Ипатьевского дома, руководивший расстрелом царской семьи в июле 1918 года.

Сам Астафьев вспоминал в интервью, данном им французско-русскому журналисту Дмитрию Савицкому для газеты «Либерасьон» в 1988 году:

> И я ему, очень не мудря, сел и от ручки, я даже не печатал на машинке, потому что сам не печатаю, — жена, за десять минут написал это письмо. Что там есть, как, но я ему дал просто между глаз. Если бы был он рядом, я бы ему кулаком дал, вот[11].

Эйдельман написал Астафьеву второе, заключительное письмо, и их трехчастная переписка вскоре стала «бестселлером [позднего] советского самиздата»[12]. А уже по прошествии более десяти лет, комментируя свое состояние в тот момент, когда «эпопею грузинскую внезапно сменила не менее подлая напасть — еврейская», и одновременно стилизуясь под неотесанного мужика (каким он не был), Астафьев писал:

> Будь я в себе и при себе, не хворай, на пределе находясь, скорее всего Эйдельману не ответил бы или ответил, сосчитав хотя бы до ста, а я, впав в неистовство, со всей-то сибирской несдержанностью, с детдомовской удалью хрясь ему оплеуху в морду в виде писули страницы на полторы со всей непосредственностью провинциального простака, с несдержанностью в выраженьях человека [Астафьев 1998, 13: 315].

---

[11] См. публикацию расшифровки записи интервью: [Астафьев 1990: 80].
[12] Выражение Владимира Соловьева. См.: [Соловьев 1986: 200]. Существует обширная критическая литература о переписке Эйдельмана и Астафьева. См., к примеру: [Cosgrove 1987: 5; Карабчиевский 1990; Азадовский 2003; Разувалова 2015: 509–540].

Вербальная оплеуха еврею-интеллигенту Эйдельману отсылает к физической оплеухе еврейке-учительнице Софье Вениаминовне в «Последнем поклоне» Астафьева. Даже больше, чем нутряная, накопившаяся злость и обида, в ответе Астафьева Эйдельману поражает полнейшее отсутствие самостоятельного мышления по еврейскому вопросу. Истерические обвинения Астафьева в адрес евреев можно свести к трем основных пунктам. Астафьев называет евреев врагами русского «национального возрождения»; согласно Астафьеву, евреи контролируют русскую культуру и относятся к русским с надменностью и презрением. Астафьев заявляет, что евреи разрушили православие и русскую монархию и виновны в убийстве «последнего царя». Наконец, Астафьев утверждает, что проблемы, с которыми евреи столкнулись в послевоенные советские годы, были следствием их собственных преступлений перед Россией, и за них, согласно Астафьеву, евреи теперь расплачиваются.

В шовинистическом угаре Астафьев выборочно воспроизводит общие места из западных и русских антисемитских идей, своего рода примитивную выжимку из «Протоколов сионских мудрецов» (антисемитская фальсификация), «Майн кампф» Гитлера, «Русофобии» Шафаревича и официальной советской «антисионистской» риторики против иудаизма и государства Израиль. В вышеупомянутом интервью с Д. Савицким Астафьев представил письмо Эйдельмана именно как еврейский заговор против русских писателей, говорил о «привычк<е> этой нации соваться в любую дырку, затычкой быть везде» [Астафьев 1990: 80][13]. Позднее Астафьев назовет Эйдель-

---

[13] В письме критику Владимиру Лакшину Астафьев писал: «Я не жаловался тебе на то, что после оскорбительного, провокационно-

мана «опытным интриганом, глубоко ненавидящим сегодняшних русских писателей оттого, что вынужден был пастись возле трупов русских выдающихся литераторов...» [См.: Астафьев 1998, 13: 315]. Комментируя свою позицию, озвученную уже в ответе Эйдельману, Астафьев проявил неспособность понять существо еврейского вопроса:

> ...они <т. е.> евреи же ведь думают, что это уж они, так сказать, пупы мира, вот если, значит, о нас говорят что-то, значит, это ничего, разрешается. А у нас ведь нету никаких таких резервов. Для них весь мир вроде, так сказать, они, где плохо — переедут где лучше. Нам некуда, нам все время, где плохо, там и живем, так сказать [Астафьев 1990: 80–81].

Астафьев признал, что Эйдельман «взбунтил какую-то во мне <...> ноту зла, вот я этим не горжусь и не приветствую, вот. Но антисемитом б<о́>льшим он меня сделал» [Астафьев 1990: 81].

Вернувшись к военной теме в прозе постсоветского периода, Астафьев не смог избежать предсказуемо негативной и стереотипической трактовки еврейских персонажей. В неоконченном романе «Прокляты и убиты» (1992; 1994) действует офицер СМЕРШа, полуеврей Лев Соломонович Скорик (который в середине романа «ученически аккуратно» осеняет себя крестом), а также «полуармянин-полуеврей» Васконян и «полуеврей-полурусский» Боярчик

го, жидовского письма Эйдельмана самые гнусные анонимки шли через "Знамя" и под его девизом, и ты уже там работал» [Астафьев 2009: 438].

[Астафьев 1994б: 261; 74–75; 205–207]. В поздний автобиографический роман «Так хочется жить» (1995) Астафьев вводит карикатурную фигуру «бывшего начальника финансового отдела гвардейской стрелковой дивизии Гринберга Моисея Борисовича, возглавлявшего в госпитале агитационную комиссию», а также фигуру Карла Арнольдовича Альбаца, который «выдавал себя за немца, хотя намешано в нем было кровей с десяток» [Астафьев 1996: 158]. В конце романа, завершающегося в ранние 1990-е годы, постаревший герой-пикаро Николай (Коляша) Хахалин выпивает с Гринбергом. Они пьют водку «Горбачев», и между ними возникает такой разговор, который Астафьев снабжает авторским комментарием:

> — Нам от коммунистов, фашистов деваться некуда, но тебе, Моисей Борисович, детям твоим и внукам можно в Израиль податься.
> Гринберг, видно, много уж думал над данным вопросом, потому и ответил без промедления, резко:
> — Где он, тот Израиль? И шо я там потерял? Я <…> на этой земле произошел на свет и в ней покоиться буду. Дети ж и внуки пусть сами решают свои задачи. Хватит-таки, что их за нас все время уверху решали… Где-то, что-то они еще добавляли. Гринберг Моисей Борисович был менее, чем Николай Иванович, разрушен, может, по еврейской натуре хитрил, не допивал до дна, но товарища по войне не бросил, доставил домой [Астафьев 1996: 178].

В интервью и письмах начала лиминальных 1990-х годов Астафьев делал заявления паллиативно-примирительного характера, выдержанные в духе христианского экуменического гуманизма. Он высказывался против русского фашизма, отмежевался от русских красно-коричневых, вышел из редакции журнала «Наш современник» в 1990-м году, а также из Союза писателей России, объединившего национал-патриотов после раскола бывшего Союза писателей СССР[14]. Тем самым Астафьев внешне провел черту между собой и активистами ультранационального русского движения. Вспоминая о расколе 1990–1992 годов в послесловии к рассказу «Ловля пескарей в Грузии», Астафьев напишет в 1997 году:

> Преемник Викулова на редакторском посту, верный сын любимой партии товарищ Куняев... <...> Красно-коричневые и товарищ Куняев вместе с литературными коридорными проходимцами вроде Проханова и Бондаренко восприняли расстрел Белого дома как счастливый подарок — отныне можно все — гибель сотен миллионов людей в лагерях, в бездарно проведенных войнах, коллективизации, индустриализации, преобразованиях, на стройках коммунизма, в межнациональных конфликтах списать на Белый дом и на нонешний режим, да на «дерьмократов», как красно-

---

[14] См., к примеру: [Астафьев и Ришина 1995: 3]; перепечатано в измененной форме: [Астафьев 1996: 3–10]; В. П. Астафьев. Письмо С. Ю. Куняеву. 23 февраля 1990 года [Астафьев 2009: 460]. Вот выдержка из письма Астафьева 1994 года: «С удивлением узнал, что они меня еще числят в своем Союзе, сделали вид, что про мое заявление о выходе забыли, и получается, что я состою в одном Союзе [писателей России] с Прохановым, Бушиным, Бондаренко, Бондаревым, [Анатолием] Ивановым и прочая, а я с ними рядом и в сортире-то в одном не сяду». Цит. по: В. Астафьев. Письмо В. Я. Курбатову. 3 августа 1994 года [Астафьев 2009: 559].

коричневые и фашисты всех мастей называют наступившее безвременье и нынешних властителей, хотя я считаю, что безвременье тоже время, а руководители страны, как и прежде, достойны своего народа, как и он достоин их. <…> Говорил ему [Белову] и всем его сверстникам повторяю, что я старше их на целую войну, значит на сто лет, и мне не пристало опускаться до них. Но мое молчание Белов и иже с ними, в том числе и товарищ Куняев, вроде бы считают малодушием и трусостью — заигрались в одни ворота фашиствующие молодчики. Надоело [Астафьев 1998, 13: 330–331].

После такой отповеди громкоговорителям русского ультрапатриотизма даже пишущего эти строки начинает тянуть на апологетику. Неудивительно, что в современных спорах о наследии русской деревенской прозы Астафьев стоит особняком, воспринимается как некий прозревший русский Эдип (продолжая аллегорику романа «Царь-рыба»?) постсоветского времени. Отдавая должное таланту Астафьева — и стремясь обелить его в период резкой поляризации российского общества, — «благодарная» интеллигенция наградила его премией «Триумф» за 1994 год и Пушкинской премией фонда Альфреда Тепфера за 1997 год[15]. Но если Астафьев и был

---

[15] В этом смысле показательна статья литературоведа Сергея Куняева (сына Станислава Куняева, одного из лидеров ультранационального движения в русской культуре и редактора журнала «Наш современник»). В этой статье, трактующей письма Эйдельмана Астафьеву как заговор евреев и либералов против русского писателя и в целом придерживающейся конспирологических взглядов, об Астафьеве последних лет говорится следующее: «В последние годы он стал "своим" в чужой и враждебной ему по сути среде.

более сдержан в публичных заявлениях постсоветского времени, то в поздних письмах и записях дневникового характера он оставался верен предрассудкам юности и зрелого возраста. «Но довелось мне, Саша, читать присланную из Петербурга повесть, конечно же, с претенциозным, конечно же, с вывернутым названием, которые горазды давать интеллигентно себя понимающие евреи», — писал он в 1995 году критику Александру Михайлову о книге прозаика Михаила Черкасского[16].

Астафьев даже в поздние годы видит в русскоязычных писателях еврейского происхождения — будь они даже близкие к христианству евреи, и независимо от их стиля и мировоззрения — прежде всего чужаков. «Вот я читаю в "Звезде" Юза Алешковского прозу и Иосифа Бродского так называемую поэзию и вижу, что гениям среди нас делать нечего, мы у края жизни, морали, и вот пришли певцы и проповедники этого края, осквернители слова, надругатели добра, люди вялой, барахольной мысли и злобного пера», — писал Астафьев красноярскому кол-

---

Обласканный демократическими сиренами, захваленный теми, кто еще 15 лет назад без зубовного скрежета не мог слышать его имени — понимал ли он цену похвалам всей этой братии, люто ненавидящей традиционные русские ценности, без которых не мыслил Астафьев своего существования? Думаю, что понимал. И что самое интересное — эта компания также все прекрасно понимала» [Куняев 2004].

[16] В. П. Астафьев. Письмо А. А. Михайлову. 25 декабря 1995 года [Астафьев 2009: 603]; ср. о книге Черкасского в другом письме: «...читал книжку питерца Михаила Черкасского с претенциозным названием <...> Этот Миша, видать, еврей, а без выпендрежа они не могут» (В. П. Астафьев. Письмо М. Н. Кураеву. 28 января 1994 года [Астафьев 2009: 550]).

леге в 1992 году¹⁷. Апологеты Астафьева хватаются за редкие случаи, когда писатель положительно отзывается о советском писателе-фронтовике еврейского происхождения (Григорий Бакланов) или же прибегает к риторике грубо-уравнительных оценок. В апреле 1967 года в письме критику Александру Макарову, с мнением которого он особенно считался, Астафьев писал: «А мне ни за кого не хочется. Писателей я делю только на хороших и плохих, а не на евреев и русских. Еврей [Эммануил] Казакевич мне куда как ближе, нежели ублюдок литературный Семен Бабаевский, хотя он и русский [Бабаевский украинец по национальности. — *М. Д. Ш.*]»¹⁸. Такого рода свидетельства кое-что поясняют, но, увы, мало что меняют. На каждую каплю положительного, высказанного Астафьевым о евреях, приходится поток отрицательного. И это происходит по поводу и без повода, в контексте всевозможных эстетических и нравственных оценок. Астафьева к еврейским темам притягивает некий ужасающий магнетизм. Так, под конец жизни вспоминая о трениях с коллегами из «Нашего современника», он с презрением пишет о пьесах Михаила Шатрова (настоящая фамилия Маршак): «Мне этот Шатров и его бесконечная полемическая лениниана, этакое бойкое словопрение жидо-чуваша с врагами, скрывающегося под псевдонимом... [Астафьев 1998, 13: 315]. Из наследия Астафьева не вычеркнуть ни антисемитских литератур-

---

¹⁷ В. П. Астафьев. Письмо В. С. Камышеву. 16 февраля 1992 года [Астафьев 2009: 509].

¹⁸ В. П. Астафьев. Письмо А. Н. Макарову. Начало апреля 1967 года [Астафьев 2009: 108].

ных образов, ни сочащихся ксенофобией дискурсивных заявлений. И художественные достижения писателя, и его предрассудки принадлежат истории русской литературы XX столетия.

Летом 1994 года Астафьев написал Юрию Нагибину письмо, которое затрагивает широкий спектр еврейских тем и вопросов. Выбор адресата вряд ли случаен. Сын русского отца — расстрелянного дворянина Кирилла Нагибина — и русской матери, Нагибин был усыновлен евреем Марком Левенталем, носил отчество «Маркович» и только в зрелом возрасте узнал, что его биологический отец не был евреем. 10 июня 1994 года Астафьев пишет Нагибину:

> Первый раз начинал я писать тебе, когда прочел твой рассказ в «Книжном обозрении», что-то об антисемитизме, об хороших евреях и плохих русских. Евреи любят говорить и повторять: «Если взять в процентном отношении...», так вот, если взять в процентном отношении, у евреев в пять, а может в десять раз орденов в войну получено больше по сравнению с русскими, но это не значит, что они храбрее нас, их погубили и погибло в огне и говне войны пять миллионов <sic>. Нас, с учетом послевоенного мира, раз в пять или десять больше, но вот этим миром оплакиваются эти пять миллионов, и та нация признается страдавшей и страдающей. А у нас что же, у нас вся Россия — погост, вся нация растоптана, так что же, если одного человека погубят — это убийство, а сотни миллионов — это уже статистика. И я вижу и ощущаю, что мы, русские, становимся все более и более статистами истории. Что же касается качеств наших, то, опять же в процентном отношении, среди

русских и евреев порядочного и дряни будет поровну, и заискивать ни перед кем, тем более перед евреями, нельзя. Они как нынешние дворняги: чем их больше гладишь и кормишь, да заискиваешь перед ними, тем больше желания испытывают укусить тебя. <...> Довелось мне побывать намедни в Израиле и встречаться с толпой еврейских писателей[19]...

Нагибина не стало 17 июня 1994 года, письмо Астафьева он не успел прочесть.

В заключение, в свете цитируемого выше письма Астафьева Нагибину, я бы хотел коснуться еще одного свидетельства об отношении к еврейскому вопросу в творчестве Астафьева. Этот случай почему-то остался в стороне от критических споров. С первых произведений о войне и до самых последних Астафьев избегает любых упоминаний о еврейском военном героизме. Можно ли ожидать исторической аутентичности от творческого воображения Астафьева-писателя? По-видимому, нет, нельзя.

Но почему же Астафьев — участник войны, Астафьев — свидетель и художник, глубоко чувствующий страдания русских людей, настолько равнодушен к еврейским страданиям? Более того, почему писатель, взявший установку на изображение горькой правды о войне, сказавший правду об убийственной жестокости Сталина и высшего командования РККА, отказавшийся от нормативно-героического пафоса, присущего большей части военной прозы советского времени, — почему этот писатель так избирательно слеп к истории своей страны? В романе «Так

---

[19] В. П. Астафьев. Письмо Ю. М. Нагибину. 10 июня 1994 года [Астафьев 2009: 557]. Речь идет о поездке в Грецию, Турцию и на Ближний Восток.

хочется жить», написанном и опубликованном уже после снятия негласного государственного табу на обсуждение Шоа (Холокоста) и геноцида еврейского населения СССР на оккупированных территориях, Николай Хахалин, авторский представитель Астафьева, попадает в освобожденный Львов. Будто обозначая предел, через который он не готов переступить, Астафьев пишет:

> Собранный с миру по камешку и черепичке, ⟨Львов⟩ был и мадьярским, и еврейским, и польским, и украинским, еще и чешским городом, составленным из многих старееньких, зябких городков, невесть откуда и зачем сбежавшихся вместе, невесть какой народ и какую нацию приютивший [Астафьев 1996: 83].

Здесь и далее в сценах, происходящих в 1944–1945 годах на «Украине без евреев» (выражение Василия Гроссмана из эссе 1943 года, целиком опубликованного в СССР в переводе на идиш, но не в русском оригинале), поражает молчание о Шоа и геноциде еврейского народа. Вслед за Астафьевым, Хахалин проходит по местам, где дотла уничтожена еврейская жизнь — в тексте упоминаются Каменец-Подольск, Винница, места массового уничтожения десятков тысяч евреев нацистами и местными народоубийцами, и даже само слово «местечко» фигурирует в украинских главах астафьевского романа [Астафьев 1996: 99]. Но ни сам Хахалин, ни его создатель не находят в себе эмоций и слов для сострадания евреям. Если Астафьев и его герои вспоминают о костях, которыми усеяна земля в освобождаемой Украине, то это или кости солдат, советских и немецких, или, порой, трупы местного населения. Еврейских костей и еврейских трупов нет в рассказанном Астафьевым о войне.

Тут, мне кажется, дело не в плохой осведомленности Астафьева, и даже не в сермяжном руссоцентризме его воззрений на историю. Дело скорее в постоянной раздраженности Астафьева еврейским счастьем и еврейским несчастьем[20]. Как бы то ни было, это чудовищное молчание Астафьева, это равнодушие даже хуже того общенародного отношения к еврейским непоправимым потерям, которые Илья Эренбург назвал «чужим горем» в новомирском цикле 1945 года [Эренбург 1945: 16]. Продолжающееся молчание Астафьева и его героев — молчание свидетеля и равнодушие художника — более всего созвучно антиисторической советской доктрине, согласно которой еврейские страдания систематически замалчивались, а еврейская память уничтожалась. В контексте споров о русском антисемитизме именно последнее обстоятельство заставляет меня заключить, что Виктор Астафьев остается не только писателем с рекордно высоким числом антисемитских выпадов, но и типичным порождением советской истории и идеологии[21].

---

[20] Из письма Астафьева: «Я дважды был на встрече ветеранов дивизии, в Киеве и Ленинграде, и дал себе закаину — на них больше не ездить, ибо ничего, кроме раздражения, они не вызывали. <...> Масса откуда-то взявшихся евреев-молодцов, баб, которые землю пупом рыли, спасая раненых. Все герои, все "опалены" огнем!» (В. П. Астафьев. Письмо неизвестному адресату. 1990 год [Астафьев 2009: 467]).

[21] Уже вычитывая верстку, я прочитал эссе Олега Ермакова о романе Астафьева «Прокляты и убиты» в августовской книжке «Дружбы народов», которую любезно прислала мне критик Ольга Балла. В эссе Ермакова нет ни слова о нежелании или неспособности Астафьва писать о еврейских страданиях и еврейском военном героизме. См.: [Ермаков 2020].

Василий Белов. Политический антисемит на хромой белой лошади

Василий Белов родился в 1932 году в селе Тимониха Вологодской области в семье крестьян. Отслужив в армии и вступив в КПСС в 1956 году, еще до учебы в Литературном институте (1959–1964) Белов прошел путь периферийного газетчика и районного комсомольского функционера. Опыт местной партийно-комсомольской работы научил его политическому новоязу и прямолинейности марксистско-ленинских объяснений истории. Позднее, в 1970–1990-е годы, Белов будет использовать риторический и идеологический опыт партийной деятельности, формулируя антиеврейские установки в своих грубо сколоченных исторических романах. В 1991 году, записывая с Беловым интервью для НТСовского журнала «Посев», Наталья Белоцерковская спросила: «Вы ведь, судя по последним вашим произведениям, не очень жалуете большевиков. Почему же вы остались с ними, пошли в члены ЦК, избирались в депутаты тоже по списку компартии? Меня, к примеру, это в вашем облике смущает».

«Меня самого это смущает», — ответил Белов. И продолжил:

> Мне стыдно, что вся моя жизнь прошла под влиянием этой заразы. Я сожалею об этом, но что было делать? Я родился в 1932 году, когда вовсю свирепствовала эта идеология. Я отдал свою дань марксисткой идеологии практическими делами, даже был секретарем райкома комсомола, но это всегда вступало в противоречие с моим душевным настроем. Все это было противно, но у меня уже тогда было много сюжетов, я и стихи писал, но не было ни образования, ни аттестата зрелости, ни перспектив. Я на себе испытал, что такое деревня и как оттуда было тяжело убежать. Мы ведь, колхозники, были беспаспортные, то есть фактически крепостные [Белов 1992].

Как это ни парадоксально, Белов не только один из самых «деревенских» и фольклорных писателей среди представителей русской деревенской прозы, но и наиболее политизированный из «деревенщиков». Как последовательный проводник в массы экстремистских идей, Белов в наибольшей степени впитал в себя сначала великорусскую идеологию позднесталинской поры, а позднее партийно-государственные установки брежневского времени.

Белов начинал с эпигонских стихотворений и поэм, в которых внешнее подражание Есенину и Твардовскому едва скрывало отголоски стихов и песен Исаковского и Лебедева-Кумача, и даже отзвуки хрестоматийных стихов Маяковского. В стихотворении «Партийный билет», вошедшем в изданный в Вологде сборник «Деревенька моя лесная» (1961), есть такие строки:

> Когда я очень устаю,
> Когда не мил и белый свет,
> Я из кармана достаю
> Свой партбилет.
> И ярко-красный переплет —
> Такая сила пышет в нем —
> Усталость сонную сожгет
> Своим огнем.
> Я мало жил,
> Но сколько раз
> В дороге он меня учил,
> Он для меня без пышных фраз
> Красноречив
> [Белов 1961: 51].

Публикация повести «Привычное дело» (1966) выдвинула Белова в ряд известнейших прозаиков тогдашнего молодого поколения. В постсоветской оценке Евгения Ермолина «Привычное дело» — «едва ли не самый значительной памятник "деревенской прозы"» [Ермолин 2011]. Соединяющая манеру лесковского сказа с крестьянским и колхозным фольклором послевоенного советского времени ранняя вологодская проза Белова представляла собой разительную альтернативу тогдашней советской литературы о деревне. Исторические романы и городская проза Белова, которой он начиная с 1970-х годов уделял все больше внимания, неизмеримо слабее его самобытных рассказов и повестей о русском Севере.

В поздние 1960-е и ранние 1970-е годы Белова подняли на щит лидеры русского националистического крыла, формировавшегося тогда внутри Союза писателей. Место Белова в современной русской культуре тенденциозно преувеличивалось. В поздние 1960-е Беловым восторгались, пусть с некоторыми оговорками, такие влиятельные критики-центристы, как Феликс Кузнецов [Кузнецов 1965: 3, Кузнецов 1967: 3], и такие известные советские литературоведы, как Игорь Золотусский [Золотусский 68: 5]. Рецензии шовинистически ориентированных критиков были помпезны и гомилетичны[1]. В 1979 году серый кардинал «русской партии» Вадим Кожинов резюмировал свое отношение к писателю в статье «В поисках истины»: «Василий Белов — для меня это несомненно и очевидно — больше того, что он создал, хотя созданное им — цвет современной русской прозы. Поэтому я очень много жду от него» [Кожинов 1990: 204]. А в 1981 году Юрий Селезнев, будущий автор книги о Белове, явно перехваливал талант писателя такими словами: «Творчество истинно современного писателя Василия Белова <...> воспитывает сознание нашей личной, кровной причастности не только сегодняшнему дню, но и всей тысячелетней истории нашей страны, нашего народа в его прошлом и его будущем» [Селезнев 1981: 207].

Еврейские персонажи, заведомо стереотипно-отрицательные, появляются в городской прозе Белова на рубеже 1970-х. В цикле из шести новелл «Воспитание по доктору Споку» (1968; 1978), принесшем Белову известность в среде советской интеллигенции, уже на первой странице появляется Миша Фридбург, один из коллег Зорина, главного героя цикла. Фридбург дает Зорину денег взаймы, а потом, после очередной ссоры с женой, Зорин ночует у Фридбурга:

---

[1] См., к примеру: [Лобанов 1967: 4].

Фридбург на своем залатанном «Москвиче» увез Зорина к себе домой. Но после двух ночей, проведенных в чинной, фальшиво-доброжелательной атмосфере еврейской семьи, Зорин ушел ночевать к дяде Паше, а вчера перебрался к Сашке Голубеву: было стыдно ночевать у других больше двух раз [Белов 1991–1993, 2: 127].

В киноповести «Целуются зори» (1975) на пути героев оказывается «дантист А. Б. Фокельман», изображенный жутчайшим демагогом и жуликом[2]. У Белова в большей степени, чем у Астафьева, и в значительно большей, чем у Распутина, не публицистика и дискурсивные заявления, а именно художественная проза в 1970-е годы становится главной площадкой для антисемитских баталий.

В публицистике и интервью эпохи застоя Белов в целом более сдержан и шаблонен (чувствуется опыт партийного агитатора), а вот в прозе — более разнуздан и бесстыден. Но и в очерках и статьях брежневского времени, собранных в сборнике «Раздумья на родине» (1986), Белов местами выпускает антисемитское жало, то жалуясь на то, что по телевидению не показывают деревню, но зато «играет народный артист СССР Д<аниил> Шафран (виолончель)» («Требуется доярка») [Белов 1986: 118], то вдруг набрасываясь на публикацию стихов Григория Остера в журнале «Колобок» («Из народных глубин») [Белов 1986: 208][3]. Но в дискурсивных текстах перестроечного

---

[2] См.: [Белов 1991–1993, 1: 278–292].

[3] Любопытно также рассуждение о паспорте как фиксаторе национальной принадлежности, высказанное в контексте рассуждений о рождаемости: «Мы почему-то в те годы забывали, что паспорт,

периода антиеврейская позиция Белова становится очевидной. Уже в выступлении на I Съезде народных депутатов СССР в 1989 году, где Белов был делегатом от Коммунистической партии, он начинает озвучивать свою идею фикс в дискурсивной, несколько завуалированной форме: «Не торопитесь спешить, как говорили в Одессе. У нас пока нет власти, она принадлежит иным, иногда даже не известным нам людям. Она в руках, в тех руках, в чьих телевизионные камеры и редакции газет...» [Белов 1989а: 4]. Параноидальная идея о заговоре евреев против России станет рефреном исторической трилогии «Час шестый», над которой Белов работал в 1970–1990-е годы и о которой речь пойдет ниже.

В интервью журналу «Посев», записанном в 1991 году, Белову задали следующий вопрос: «Я знаю, что в некоторых кругах бытует мнение, что революцию в России сделали евреи. Как вы к такой мысли относитесь?» Белов ответил:

> Ну, конечно, без евреев это не могло бы произойти. И куда же мы денемся от того, что евреи были в оппозиции всему, всей русской государственности? Это сами евреи и сионисты понимают. Вся беда в том, что сейчас эта практика продолжается. Если бы она была другая, то все было бы нормально. У меня есть

воспетый В. Маяковским, — это не только документ, дающий право передвижения. Это еще и документ, где фиксируется подлинность национальности, даты рождения, имени и фамилии, подлинность места жительства. Чем он хуже, вологодский колхозник, своего же родного брата, который живет в Вологде?» См.: [Белов 1986: 75].

факты. Меня, например, на телевидение до сих пор не пускают. Есть такая тенденция, и она развивается. И называйте меня антисемитом или кем угодно, но от правды никуда не уйдешь. Я не скрываю этого [Белов 1992].

Вместе с коллегами по ультрапатриотическому лагерю Белов популяризирует идею еврейского характера революции, имеющую мало общего с реальной исторической картиной участия в ней евреев Российской империи. Как заметил один из ведущих историков современного еврейства Джонатан Френкель, «в численном отношении революционеры <...> составляли ничтожную часть еврейского населения. Можно говорить о нескольких тысячах <из более 5 миллионов евреев в Российской империи в 1900 году>» [Frenkel 1992: 91].

Статьи Белова, опубликованные в постсоветские годы, изобилуют общими местами антисемитского дискурса. Некоторые его заявления поражают своей безграмотностью и кощунственной ложью. В статье «Догорающий Феникс» проводится параллель между происходившим в годы коллективизации и раскулачивания и событиями в годы войны и оккупации, но отсутствует даже упоминание о Шоа (Холокосте):

> Насилие над крестьянской культурой, навязывание народу иного жизненного стиля, иных поведенческих мотивов отнюдь не ограничились периодом коллективизации и раскулачивания (1928–1930 гг.). Менялись лишь формы угнетения и способы грабежа. <...> Война, разумеется, усугубила физические и нравственные страдания русского, украинского и бело-

русского крестьянства, ускорила его численное сокращение. Геноцид продолжался. Методы Розенберга (его теоретические изыскания и рекомендации оккупационным немецким властям) по сути не противоречили недавним действиям Кагановича на Украине и Юге России.

После войны сидевшие в ученых и управленческих креслах наследники Троцкого — Кагановича продолжили классовую линию по отношению если не ко всему крестьянству, то по крайней мере к народной, крестьянской культуре [Белов 2002б: 22–23, 27].

Вместе с Куняевым, Кожиновым и другими деятелями ультрапатриотического движения Белов намеренно искажает устоявшееся историческое значение слова «погром», вошедшее во многие языки, и говорит о погроме *русского* народа, русской культуры, русских традиций, учиняемого евреями: «Погром все еще продолжается» [Белов 2002б: 27][4]. Согласно Белову, в горбачевском режиме действуют «скрытые троцкисты и их новые последователи». Неудивительно, что в дневнике Белова — антиеврейского агитатора — «перестройщики — наследники Троцкого» [Белов 2002б: 98–99][5]. В лжетрактовке Белова, после изгнания Троцкого из СССР в 1929 году главным исполнителем международного еврейского за-

---

[4] При этом «погром» видится Беловым во всех областях жизни. О сборнике «русских частушек», изданном в Израиле с предисловием израильского профессора, Белов пишет: «абсолютно похабные <…> это не народные частушки». См.: [Белов 2002б: 61].

[5] Ср. еще один характерный комментарий: «Горбачев, вернее его идейные "шестерки", устроили полумасонский совет» [Белов 2002б: 366].

говора против России становится Лазарь Каганович. Именно Каганович, в 1930-е и 1940-е годы единственный еврей в Политбюро и в ближнем круге Сталина, олицетворяет в глазах Белова апогей еврейской власти: «Железнодорожный нарком Каганович еще до войны лично взорвал главный российский храм со словами "Задерем подол матери-России". Кто кого тогда, в 30-х годах, боялся больше: Сталин Кагановича или Каганович Сталина?» [Белов 2002б: 175]. Диффамационные обвинения евреев в антирусской, антикрестьянской, антиправославной деятельности возвращают нас к мысли о том, что, обратившись к исторической (и городской) прозе, Белов открыто вступил в борьбу с евреями. Построенные на обвинении евреев в разрушении русской деревни и разъедании ткани русского общества, романы Белова 1970–1990-х годов последовательно доносили до читательских масс политический антисемитизм программного характера.

Еще в брежневские годы, в начале 1970-х, Белов задумал историческую трилогию о конце 1920-х — начале 1930-х годов. Первая часть, «Кануны. Хроника конца 20-х годов», была написана в 1972–1984 годах и частично опубликована в периферийных и центральных журналах и издательствах еще в доперестроечный период[6]. За «Канунами» уже в позднесоветские и постсоветские годы последовали вторая часть трилогии «Год великого перелома. Хроника

---

[6] Сериальная публикация романа Белова: [Белов 1972] (ч. 1 и 2, сокр. вар.); [Белов 1987] (в номере — после подборки стихов Александра Кушнера «Срок любви»). Книжные издания: [Белов 1976; Белов 1988; Белов 1989в; Белов 1993 (т. 3 Собрания сочинений В. И. Белова); Белов 1994б; Белов 2002в]. Последующие издания не были просмотрены.

начала 30-х годов», написанная в 1988–1994 годах, и последняя треть, «Час шестый», написанная в 1997–1998 годах[7]. В 1999 году Белов опубликовал всю трилогию целиком под общим названием «Час шестый», отсылающим к Евангелию от Иоанна [Белов 2002в].

В трилогии о коллективизации Белов отвлекает народные массы от настоящего, давая в руки читателям антисемитский нарратив советского прошлого. Этот нарратив почти все объясняет еврейским заговором, направленным на разрушение России и русской национально-религиозной идентичности. Белов вторит тем, кто создал и внедрял миф о так называемой «жидокомунне» или «жидобольшевизме» (англ. Jewish Bolshevism; нем. Jüdischer Bolschewismus; польск. Żydokomuna), среди которых уместно вспомнить нацистских идеологов Гитлера и Розенберга. В трилогии Белова евреи-большевики и евреи-чекисты чуть ли не контролируют политическую жизнь СССР в поздние 1920-е и ранние 1930-е годы, а отдельные местные русские функционеры представлены отщепенцами на побегушках у евреев.

Название первой части трилогии, «Кануны», отсылает читателя к концу 1920-х годов, когда шла подготовка к массовой коллективизации. В истории советской цензуры и культурной политики первая часть трилогии Белова являет собой любопытный пример критического отношения советского автора к коллективизации сель-

---

[7] Сериальная публикация романа «Год великого перелома»: [Белов 1989–1994]. Книжные издания: [Белов 1994а; Белов 2002в]. Сериальная публикация романа «Час шестый»: [Белов 1997–1998]. Книжные издания: [Белов 1999; Белов 2002в].

ского хозяйства. Но при этом Белов расчетливо возлагает ответственность за коллективизацию не на партию большевиков или же сталинское партийное руководство в целом, а именно на евреев в партийном руководстве и органах госбезопасности. Выставление евреев напоказ в качестве «козла отпущения», очевидно, устраивало национал-патриотические круги в партийно-государственном аппарате 1970-х годов, когда роман Белова был написан, проходил цензуру и публиковался.

История в романе показана глазами крестьян из вологодской деревни, но в текст внедрены и московские сцены, прежде всего разговоры между Сталиным и его подручными. Хотя Белов еще сдерживался и, по-видимому, остерегался цензуры, антиеврейская направленность романа видна невооруженным глазом. Уже в «Канунах» Белов пытается убедить читателя, что евреи контролируют страну и на местах (на Вологодчине, где он был лучше всего знаком с местной историей), и в центре страны. Опутав Россию явной и тайной сетью, евреи в романе не чувствуют родства с ее населением и культурой и ведут себя как чужаки. Именно таким представлен Яков Меерсон, местный функционер в Вологодской губернии, поднимающийся по партийной лестнице. Евреи в партийно-государственном аппарате задают тон, а отдельные нееврейские функционеры оказываются исполнителями какой-то коллективной еврейской воли, в существование которой верит (или делает вид, что верит?) авторское сознание романа. Сталин читает письмо Кагановича о «кулацкой опасности», в котором Каганович «преувеличивает опасность... <...> ждет обострения борьбы в деревне» [Белов 1991–1993, 3: 49]. Сталин также читает передовицу М. Кантора в «Правде» «На пути к социалистическому земледелию» и отчеркивает абзац о колхозах и организации хлебозаготовок, который цитируется в тексте [Белов 1991–1993, 3: 49][8].

В «Канунах» Белов уже пристреливается к тому, что во второй и третьей частях трилогии станет его центральным историческим аргументом. Учитывая идеологические пределы дозволяемого в советские 1970-е и 1980-е, коллективизация связывается с наследием Троцкого (которого в романе Белов называет то «Троцкий», то «Лев Бронштейн»), а ее главные руководители оказываются в романе одновременно и евреями, и наследниками Троцкого. Ко времени действия романа (начало января 1928 года) Троцкий уже был разгромлен, и в ранних главах романа фигурирует дата 14 января 1928 года. (Кроме того, Сталин читает выпуск «Правды» от 13 января 1928 года.) До высылки Троцкого в Алма-Ату остаются считаные дни, а до его изгнания из СССР в феврале 1929-го — около года. Сталин видит в борьбе с Троцким и «троцкизмом» государственную сверхзадачу и в связи с победой над Троцким размышляет:

> Русские — это… несомненно… великий народ, Россия — великая страна. И он, Иосиф Джугашвили, может, и впрямь чуть-чуть жалеет, что не родился русским. Но это совершенно ничего не значит. Пар-

---

[8] См.: [Кантор 1928]. Судя по всему, речь идет о М. Х. Канторе, который в 1929 году станет ответственным редактором двухнедельного журнала «На фронте коллективизации» (см.: Правда. 1929. 6 нояб.) и который продолжит печататься в «Правде» в 1930-е годы.

тия поставила его у руля великой страны, а великий народ не может не сделать великих дел... [Белов 1991–1993, 3: 48].

Ключевой момент в рассуждениях Сталина о Троцком выдает намерение Белова представить коллективизацию делом рук Троцкого: «Троцкий клеветал на партию, обвиняя ее в перерожденчестве и термидорианстве. Он трусливо уходил от трудностей практических дел, он хотел поссорить партию с русским крестьянством» [Белов 1991–1993, 3: 48]. В романе евреи-троцкисты и после изгнания Троцкого продолжают действовать на местах и влиять на подготовку к коллективизации. В Вологодской губернии губпланом заведует некто Михаил Бек, которого дважды исключали из партии, и «вот контрольная комиссия восстановила этого закоренелого троцкиста в партии, и он снова шумит в Вологде и мутит воду, где только можно» [Белов 1991–1993, 3: 285]. Уже в «Канунах» Белов, представляя мысли Сталина, намекает на то, что еврей Каганович продолжает антирусскую и антикрестьянскую деятельность разгромленного еврея Троцкого. Последнее просто смехотворно, учитывая преданность Кагановича Сталину и роль Сталина в продвижении Кагановича по партийно-государственной линии в 1920–1930-е годы.

Белов еще не мог открыто сказать то, что позднее выскажет прямым текстом в публицистике постсоветского периода и продолжениях исторической трилогии. Тем не менее антитроцкизм был в руках автора «Канунов» дозволенным, легальным путем внедрения антиеврейских политических идей, хорошо известных исследователям антисемитизма. В этой связи характерно высказывание Юрия Селезнева в главе из книги о «Канунах» Белова, выпущенной в 1983 году:

> Троцкизм, к сожалению, живуч и в наши дни. Он наглядно проявляется в идеологии Израиля на оккупированных арабских землях (как известно, международный сионизм не раз поддерживал и троцкизм, и лично Троцкого), и опять же не случайно: идеология троцкизма «близко смыкается с космополитической идеологией монополистического капитала...» [Селезнев 1983; цит. по: Панков 1991: 42][9].

Здесь галиматья о мировом заговоре евреев-революционеров и евреев-банкиров сплетается с риторикой антисионизма — дымовой завесой, за которой обычно скрывался советский партийно-государственный антисемитизм.

Заметим также, что на фоне неадекватно высокой оценки «Канунов» критиками-ультрапатриотами еще в поздние советские годы появлялись голоса, дававшие трезвую оценку антисемитской агитке Белова. Приведем с небольшими сокращениями возражения Игоря Виноградова, высказанные критиком с оговорками уже в перестроечном 1989 году на страницах газеты «Московские новости»:

> И вот тут уже я хочу задать прямой вопрос самому В. Белову: <...> нужно ли все это понимать так, что автор «Хроники» придерживается той самой концеп-

---

[9] Селезнев цитирует: [Басманов 1979].

ции, которая не раз уже высказывалась в общих чертах критиками и публицистами журналов, к которым он, как все мы знаем, близок? Той самой концепции, согласно которой «мировое зло» реализует себя через существование некоего тайного всемирного жидо-масонского заговора, участвующие в котором могущественные силы фактически дирижируют мировым процессом, и они-то, поставив перед собой одной из главных целей уничтожение России как оплота христианской культуры, как раз и сыграли роль той главной тайной пружины, что ввергла нашу страну в пучину бедствий и в 1917 г., и во время коллективизации...

<...> Потому что, согласитесь, при всей ускользающей размытости тех туманных смыслообразов, которыми прикрыто в «Хронике» ее загадочное концептуальное ядро, общие контуры этой туманности все-таки слишком легко совмещаются с контурами названной схемы, особенно если учесть, что уяснять национальность лиц, которых В. Белов называет в качестве главных инициаторов коллективизации, давно уже не требуется: все они — от Троцкого до Кагановича и от Яковлева до Каминского — давно уже «разъяснены» многочисленными энтузиастами. Вот почему я и спрашиваю, именно спрашиваю: верны ли будут такие догадки? Если нет, то каковы же действительные позиции автора? <...> Перед лицом этого самого народа, о трагедии которого он пишет так, что невозможно не верить в искренность его боли, он просто обязан высказаться напрямую — так же, как обязаны выслушать его и перед лицом народа самым внимательнейшим и добросовестнейшим образом разобрать все его аргументы даже те, кто подобно мне считает концепцию жидо-масонского заговора (если только В. Белов ее действительно

разделяет) чудовищной нелепостью, продуктом сознания, помраченного доверчиво принятой ложью, а потому и выпавшего из традиций той самой — действительно высокой и истинной — русской культуры, принадлежащим к которой оно продолжает себя считать... [Цит. по: Панков 1991: 113][10].

В романе «Год великого перелома. Хроника начала 30-х годов», созданном в перестроечные и постсоветские годы, Белов обнажает шовинистическое мракобесие своего проекта. И чем больше появляется в его прозе антиеврейских пассажей и высказываний, тем ниже становится ее качество. Сама коллективизация — и массовые репрессии против крестьян, сопротивляющихся коллективизации, — изображается как заговор против русских и православных. Текст местами стилизован под летопись, и Белов внедряет во второй абзац романа такие слова:

> И когда б в стране имелся хотя бы один-единственный не униженный монах-летописец, может, появилась бы в летописном свитке такая запись: «В лето одна тысяча девятьсот двадцать девятого года в Филиппов пост попущением Господним сын гродненского аптекаря Яков Аркадьевич Эпштейн (Яковлев) поставлен бысть в Московском Кремле комиссаром над всеми христианы и землепашцы» [Белов 1994а: 4].

Речь идет о Яковлеве (настоящая фамилия Эпштейн), который с 1929 года был наркомом земледелия СССР,

---

[10] Статья Игоря Виноградова «Пути и перепутья Василия Белова» была изначально опубликована в газете «Московские новости» 30 апреля 1989 года.

а позднее заведующим сельскохозяйственным отделом ЦК ВКП(б); он был расстрелян в 1938 году. Большинство «младши<х> <...> соратник<ов>» Яковлева представлены евреями, а «шефом» Яковлева назван «Каганович — этот палач народов» [Белов 1994а: 5]. Заметим, что «палачом народов» у Белова назван не Сталин, а именно Каганович. Сама по себе мысль о том, что коллективизация якобы была еврейским проектом, задуманным Троцким и приведенным в действие еврейскими большевиками, не нова для историков антисемитизма. Белов интересен не новизной антиеврейских сентенций, а той личиной истинно русского крестьянского писателя-патриота, которая придавала его словам видимость легитимности и способствовала росту их популярности среди некоторых слоев российских читателей.

В романе Белова коллективизацией управляют не только еврейские партийные бонзы, но и второстепенные и третьестепенные персонажи-евреи, такие как Раиса Майзель, известная в Архангельске как «палач в юбке» [Белов 1994а: 31]. В эпизоде, относящемся к январю 1930 года, все сотрудники ОГПУ носят еврейские (и латышские) фамилии. Здесь уже очевидна полная потеря исторического правдоподобия[11].

---

[11] Даже в пиковые довоенные годы, даже при Генрихе Ягоде — еврее, возглавлявшем НКВД в 1934–1936 годы, сотрудники еврейского происхождения не были тотальной силой в аппарате советской тайной полиции. Согласно данным, синтезируемым и приводимым Цви Гительманом в недавнем исследовании, между 1934 и 1941 годами евреи составляли 19 % всех сотрудников НКВД, притом что в 1939 году евреи составляли 1,8 % общего населения СССР и 4,7 % городского населения. В 1934–1937 годах евреи составляли более

В контексте истории русской культуры более занятна установка Белова на изображение коллективизации не только как еврейского деяния, но как сатанинского дела:

> В понедельник и вторник, 16–17 декабря, шабаш продолжился с новой силой, а в среду, 18 декабря, комиссия уже утвердила проект постановления. В портфель Якова Аркадьевича легла уютная папка с листами, испещренными теми сатанинскими знаками, которые программировали жизнь, а вернее смерть миллионов людей. Они, эти знаки, предрекали гибельный путь для великой страны, в значительной мере определявшей будущее целого мира! [Белов 1994а: 5].

Сатанизация евреев связывает творчество Белова с другими произведениями русских ультрапатриотов 1970-х и 1980-х годов, прежде всего с последним романом Леонида Леонова «Пирамида» (1994), который сам автор считал своим завещанием [Леонов 1994][12]. Обсуждение в преддверии решения ЦК «О темпах коллективизации» («О темпе коллективизации и мерах помощи государства колхозному строительству», 5 января 1930 года) охарак-

---

трети центрального аппарата НКВД, насчитывавшего более 2600 человек. Однако в 1938–1939 годах руководство и центральный аппарат НКВД были очищены от евреев, и к концу 1930-х количество евреев в НКВД соответствовало их процентной доле среди городского населения [Gitelman 2005]. Автор выражает благодарность Цви Гительману за присланный текст доклада.

[12] Роман Леонова и «Год великого перелома» Белова вышли в один год в московском издательстве «Голос». О том, как сам Леонов оценивал свой роман «Пирамида», см.: [Шраер 1998].

теризовано у Белова как «сатанинское превращение»: «Бесы все больше и больше входили в раж. Через десять дней, 15 января, они учинили вторую яковлевскую комиссию — зловещий синклит по выработке методов уничтожения и разорения» [Белов 1994а: 14]. Развивая мотивы сатанизации евреев, Белов представляет коллективизацию сельского хозяйства как нападение евреев на православие. Арестованный священник отец Николай Перовский говорит местному функционеру Семену Райбергу: «Вы же восстали против Христа. И потому вы антихрист». А потом добавляет: «За что вы так ненавидите христианство?» [Белов 1994а: 83–84].

Согласно трактовке Белова, Сталин оказывается подвластным евреям в советском руководстве или неспособным остановить действие евреев. Сталин «тасует» в голове имена советских руководителей, подозревая каждого в измене, в том числе и Кагановича: «Иногда мертвые служат не хуже живых. Евангельский Лазарь был воскрешен Христом, харьковский Лазарь сам способен воскрешать мертвецов. В том и беда, что последыш хазарского каганата знает о мертвых не хуже Сталина! Неужели он и впрямь связан с Троцким?» [Белов 1994а: 9]. Сталин просит своего секретаря Поскребышева найти ему книгу Шмакова «Еврейский вопрос». Имеется в виду книга «Еврейский вопрос на сцене всемирной истории. Введение» (1912), автор которой, черносотенец Алексей Шмаков, был гражданским истцом по делу Бейлиса. Антисемитские трактаты Шмакова станут настольным чтением Сталина в третьей части беловской трилогии, к которой мы вскоре обратимся.

В эпизоде романа, посвященном XVI съезду партии (26 июня — 3 июля 1930 года), Белов опускается до самых примитивных форм политического антисемитизма, искажая известные данные о числе евреев среди высших эшелонов партии:

> Делегаты выбрали руководящий синклит. Составители цековского и цекэковского списков еще знали русский алфавит: Эйхе в цековском списке стоял семидесятым по счету, Яковлев Я. А. семьдесят первым, т. е. последним. Во втором, цекэковском списке, тоже преобладали розенгольцы и сойферы. Некоторые фамилии даже как бы дублировались: Беленький З. М. да Беленький И. Ф. Гроссман Б. Я. да Гроссман М. П.
> Завершал этот список главный богоборец страны Емельян Ярославский [Белов 1994а: 416].

Лазарь Каганович в романе «олицетворя<ет> самую мощную, самую могучую силу в партии» [Белов 1994а: 418]. Выдержанная в духе сатанизации евреев, средняя часть трилогии заканчивается такими словами: «Дьявольский вихорь <sic> всего лишь опробовал свои беспощадные силы» [Белов 1994а: 472].

Завершающему трилогию роману «Час шестый» предпослан эпиграф из церковнославянского текста Евангелия от Иоанна (19: 14–18), из эпизода, у которого нет точных параллельных мест в синоптических Евангелиях. В Евангелии от Иоанна «час шестый» означает момент, когда Понтий Пилат «предает» Иисуса Христа «иудеям» на распятие. Применительно к событиям романа «час шестый» Белова означает час передачи крестьян в руки евреев и распятия крестьян — по сути всей России — евреями. До этого в «Годе великого перелома» Белов уже играл на семантической связи слов «крестьяне» и «христиане». Действие продолжается в начале 1930-х годов и заканчивается завершением строительства Беломорканала и его открытием в августе 1933 года. У Белова еврейские функционеры, такие как Яков Меерсон, продолжают распоряжаться судьбами русских людей. В эпизодах, разворачивающихся в военно-морском училище, появляется преподаватель, специалист по эсперанто Берта Борисовна, неприятная дама, испытывающая повышенное сексуальное влечение к русским мужчинам и старающаяся их совратить. Оценка эсперанто у Белова вторит определению этого языка как языка объединения еврейских диаспор, данному Гитлером в «Майн кампф». Вероятно, Белов здесь пытается связать еврейскую власть с расцветом изучения эсперанто в СССР в 1920-е и ранние 1930-годы. В 1937 году с подачи Сталина эсперанто был подавлен как «язык шпионов»[13], и это соответствует общей трактовке Беловым борьбы Сталина с евреями, заслуживающей особого внимания.

В романе Калинин размышляет, читая письмо русского матроса, жалующегося на несправедливость:

> Надо, однако же, отдать должное товарищу Кобе. С осиным гнездом сионистов он расправляется куда как хитро и умело. Приятелей Кагановича тронуть

---

[13] См., к примеру: История эсперанто // https://ru.wikipedia.org/wiki/История_эсперанто (дата обращения: 10.10.2016).

> пока боится, но для начала действует недурно. <...>
> Вон с Кагановичем Коба никак не может справиться
> в деревенских делах [Белов 2002в: 177–180].

Калинин, известный своими выступлениями против антисемитизма, выступает у Белова противником евреев. Калинин просматривает газеты и думает: «Печатаются главным образом еврейские публицисты, записные авторы, либо их всегдашние ставленники» [Белов 2002в: 180]. Дальше Калинин комментирует: «А вон Яковлев-Эпштейн публикует отдельные постановления о кроликах и лошадях. Хотя лошадь — это не яковлевская, а чисто ворошиловская епархия» [Белов 2002в: 180].

Сам Сталин в романе крайне обеспокоен еврейским вопросом. Белов пишет о Сталине с некоторым сочувствием, как о жертве еврейского заговора, но одновременно как о манипуляторе, который использует евреев для достижения своих политических целей. Сталин с увлечением читает книгу Алексея Шмакова «Свобода и евреи» (1905). Белов воспроизводит внутренние мысли Сталина:

> Сталину не нравились дамские знакомства жены. Взять хотя бы и ту же Жемчужину, жену Молотова. По сообщениям чекистов, Жемчужина общается не только с Голдой Меир, но и с другими матерыми сионистками. А сын от первой жены Яков? Совсем одурел от еврейских баб. Женился второй раз, и снова еврейка... Как раз по этой причине отношения с Яковом довольно холодны [Белов 2002в: 196].

Тут у Белова уже не просто антисемитский бред, а полный абсурд. Голда Меир (1898–1978), будущий премьер-министр Израиля, родилась в Киеве, иммигрировала в США в 1906 году и во время описываемых событий начинала свою политическую деятельность в подмандатной Палестине. Послом Израиля в Москве она стала в сентябре 1948 года. Белов указывает на связи Голды Меир с Полиной Жемчужиной (Перл Карповская, 1897–1970), советским государственным деятелем, женой Молотова. В 1930-е годы Жемчужина с Голдой Меир познакомиться не могла, но действительно была другом Надежды Аллилуевой, второй жены Сталина. Вероятно, Белов что-то знал о встрече на приеме дипломатов у Молотова по поводу празднования годовщины революции 7 ноября 1948 года, на котором Жемчужина разговаривала с Голдой Меир, послом Израиля. Жемчужина сказала Меир на идиш (русского Меир практически не знала): «Их бин а идише тохтер» («Я — дочь еврейского народа»). За этим последовали репрессии и ссылка, а также снятие Молотова с поста министра иностранных дел[14].

В романе Белова уже в ранние 1930-е годы Сталиным овладевает боязнь международного еврейского заговора. Сталин читает у Шмакова о масонских ложах и размышляет об этом: «Согласно некоторым свидетельствам, смерть Людовика XVI была решена еще в 1782 и 1785 годах на всемирном конгрессе масонов...» [Белов 2002в: 199]. В сноске Белов ссылается на свидетельство, «цитируемое в "La France juive" Дрюмона» — антисемитском трактате Эдуара Дрюмона (Édouard Drumont) 1886 года, написанном после Франко-прусской войны и выдвигающем против евреев обвинения в расовом и финансовом заго-

---

[14] Об этом см., к примеру: [Медведев 2003].

воре против христиан и французов. Сталин не может оторваться от чтения Шмакова, и у Белова цитируются целые абзацы:

> Революция во Франции шла во имя любви к родине и под знаменем отечества. Еврейская же революция стремилась, прежде всего, опозорить нашу родину, объявила себя вне отечества и топтала цвета нашего флага в грязь или разрывала его в клочья. «Знаменем» же для своих будущих рабов эта кагальная «музыка» избрала красный флаг, как эмблему тех потоков крови, которыми залила нашу истерзанную страну, дабы на ея развалинах создать исключительно свое, — еврейское благополучие. «Сознательный же пролетариат», не в пример прочим, получил от благодарного еврейства и особое отличие [Белов 2002в: 201][15].

Полностью разделяя выводы Шмакова о роли евреев в истории, Сталин при этом не соглашается с приведенными у Шмакова параллелями между французской революцией и русской революций:

> Нет, не прав Шмаков, когда с таким сарказмом пишет о русских революциях. Русские не похожи на французов. Это первое. Даже масоны у нас иные. Но евреи, липнущие к русской революции... Никакой разницы! Все то же самое. Действуют так же. Даже в здешних дрейфусиадах... Предателя Дрейфуса во Франции они спасали чуть ли не всем кагалом. Деньги для этого собирали аж у русских курсисток. <...> Шмаков не прав... Если ж он прав, то вся борьба, выходит, впу-

---

[15] В наши задачи не входила сверка цитат с оригиналом Шмакова.

стую. Выходит, что он, Сталин, жертвовал всем, рисковал и мерз в Сибири зря! Служил чуждым целям. Если это так, то все это ужасно...

Отчаяние на секунду стиснуло горло, карандаш хрустнул в маленьком сталинском кулачке, книга Шмакова полетела куда-то в угол. Нет! Не может быть, чтобы борьба была напрасной! Это Ленин служил евреям, и то не всегда. Он, Сталин, служить не будет. Какое вокруг жуткое подхалимство! Какое дьявольское лицемерие буквально во всем! [Белов 2002в: 203–204].

Сталин решает, что евреи будут его марионетками, что их руками он достигнет своих целей:

Он овладел собой. Не будет этого! Что надо? Надо действовать теми же методами. Сын Яков растяпа, он слишком близко допустил к себе еврейских баб. А бабы меняют у своих мужей даже характер, не говоря об идеях и целях. Нет, сам Сталин не дастся в эту ловушку, пускай называют его антисемитом. Это они будут марионетками, а не он, Иосиф Сталин. Он будет действовать их же руками, он будет лучшим другом их детей. Что надо сделать в первую очередь? Покончить с Рютиным. Окончательно реабилитировать того же Френкеля... Подготовить по спискам Кагановича другие реабилитации. Надо разворошить кусачий мужицкий улей, надо руками Ягоды завершить Волго-Балт и завершить другие грандиозные стройки. Мы построим социализм вопреки масонам и господину Шмакову [Белов 2002в: 205].

В эпилоге романа (и всей трилогии) появляется излюбленный прием обличителей евреев. Белов пишет о правительственном постановлении от 4 августа 1933 года о награждении наиболее отличившихся работников, инженеров и руководителей Беломорстроя. Среди награжденных из восьми человек было шесть евреев, в том числе Генрих Ягода (зам. председателя ОГПУ Союза ССР), Лазарь Коган (начальник Беломорстроя) и Матвей Берман (начальник Главного управления исправительно-трудовыми лагерями ОГПУ) [Белов 2002в: 303–305]. Никто не оспаривает одиозность этих выходцев из еврейского народа, но, разумеется, серьезным историкам претят такого рода нацистские аргументы о еврейско-большевистском заговоре. Более того, если бы хоть раз Белов и его соратники привели не только данные по процентной доле евреев в аппарате ЧК — ГПУ — НКВД, но и данные по уничтожению еврейской традиционной жизни и иудаизма в 1920–1930-е годы в СССР! Если бы хоть раз, в контексте разговора о коллективизации как антирусской и антиправославной государственной политике, Белов, Кожинов, Куняев и другие ультрапатриоты упомянули тотальный запрет на легальное еврейское образование, закрытые хедеры, иешивы и синагоги, арестованных и сосланных раввинов и меламедов[16]! Ждать от них даже видимости равновесия исторических оценок так же невозможно, как невозможно ждать от браконьеров любви к природе. Хотя Белов и его соратники выставляют себя хранителями русской народной памяти, эту народную

---

[16] См., к примеру, обзор репрессий против институтов иудаизма и раввинов в СССР в 1920–1930-е годы: [Басин 2014]. Полный вариант доступен на сайте автора: http://jewishfreedom.org/page704.html (дата обращения: 10.10.2016).

память они не только сохраняли лишь в выбранной ими форме, но и уродовали исторической неправдой. А в постсоветское время Белов принялся насиловать память с такой же бесстыдностью, с какой это делалось в официальном советском историческом дискурсе.

В конце романа «Час шестый» Белов вопрошает, опять возвращаясь к мотиву оплетенного «жидомасонским заговором» Сталина:

> Что стало с ярыми русскими и еврейскими якобинцами? Революция, подобно римскому богу Сатурну, долго пожирала кровных своих деток. Лузин, Шумилов, Ерохин были расстреляны в 1937 году. Фигура Сталина, пытавшегося освободить Москву от интернациональных сетей, еще не однажды возникнет на страницах хроникальных, научных и художественных произведений. Конечно, при условии, что России суждено выстоять в нынешней, не менее безжалостной схватке с Западом и Востоком [Белов 2002в: 306].

В полемическом обзоре русской деревенской прозы, опубликованном в 1999 году в «Новом мире», Ольга Славникова рассматривает соотношение между селективной памятью «деревенщиков» и исторической памятью о советском периоде. Особенно важной мне представляется мысль Славниковой о том, как упало качество русской деревенской прозы, — если судить по лучшим произведениям самих «деревенщиков», созданным и опубликованным в советских условиях в поздние 1960-е и 1970-е годы. Еврейский вопрос и антисемитизм занимают Славникову как отдельные симптомы упадка писателей-«деревенщиков». Славникова указывает на голую публицистичность

Белова, которая особенно ощутима именно в структуре повествования и словесной текстуре его исторической трилогии:

> И все-таки «Час шестой» <sic!> оставляет ощущение полупустого объема. <...> Чтобы понять, в чем проблема, нужно опять-таки обратиться к публицистике. В самом общем виде дело обстоит следующим образом: против России существует гигантский заговор врагов. В нем участвуют: международное еврейство; США и другие страны Запада; демократические политики во главе с Борисом Ельциным; демократические средства массовой информации… <...> Василий Белов и Валентин Распутин, а также многие их единомышленники *верят* в наличие заговора против России [Славникова 1999: 203–204].

Вернемся к высказанной ранее мысли о связи между интеллектуально-этическим падением и эстетическим безобразием, приведшим к упадку русской деревенской прозы в поздние 1970-е — ранние 1980-е годы. Виктор Астафьев, способный распознать политическую риторику нетерпимости у других гораздо лучше, чем у самого себя, верно почувствовал, что в постсоветское время Белов — романист и публицист — остается человеком советской коммунистической выправки:

> Да уж что говорить об этом безумном отродье <т. е. о красно-коричневых и коммунистах Зюганова>, когда писатель, наделенный Богом большим и самобытным талантом, земляк Викулова товарищ Белов договорился и дописался до того, что призывает русских людей вешать «отступников» и вообще поступать с ними по-коммунистически. <...> Белов уже

не может сдержать распирающей его злобы, пишет все хуже, все остервенелей и остервенелей. Большой талант попал в маленькую, ничтожную плоть... [Астафьев 1998, 13: 315].

В заключение разговора об антисемитизме в творчестве Василия Белова обратимся к его городскому роману «Все впереди». Этот роман вышел в 1987 году, переломном в истории большой еврейской эмиграции из СССР[17]. Символично, что роман Белова выражает, кроме всего прочего, глубокую обеспокоенность ультрапатриотов отъездом евреев из СССР. Авторская позиция двойственна. С одной стороны, в романе очевидно желание видеть Россию без евреев. С другой — чувствуется боязнь отъезда евреев, будто с их отъездом исчезнет главный враг, главный козел отпущения[18]. Евреи уедут из России, а что же останется ультрапатриотам? Атмосфера романа пропитана странной фобией, боязнью того, что, эмигрируя, евреи вывозят фонд русской культуры, русские гены, русских женщин и детей.

---

[17] В новелле «Дневник нарколога. Выбранные дни и места» (1979), связанной материалом и героями с «Воспитанием по доктору Споку» и с будущим романом «Все впереди» (1987), есть намеки на евреев или еврейский след в советской истории: «Беломор <...> ленинградской фабрики Урицкого». См.: [Белов 1991–1993, 2: 152].

[18] Показательны в этой связи слова Станислава Куняева, высказанные в беседе со мной в 1997 году. Куняев оправдывает антиеврейскую государственную политику и репрессивные правительственные меры по отношению евреям. В его глазах если в 1970–1980-е годы и имело место ограничение доступа евреев в вузы, на места работы и т. д., то эти меры были направлены на предотвращение так называемой «утечки мозгов». См.: [Шраер 2002].

Рассуждая о взаимодействии поэтики и политики у Белова, прежде всего в трилогии о коллективизации и в романе «Все впереди», критик Александр Журов (р. 1987), сформировавшийся уже в постсоветские годы, высказывает следующее наблюдение:

> Там, где Белов отдается стихии крестьянской жизни, где ровно и последовательно идет за музыкой народной песни, — он всегда достигает художественной убедительности. Но как только он отдаляется от всего этого и начинает ориентироваться на сугубо личное — оценки, пристрастия, свою «моральную философию», — проваливается [Журов 2013].

С критиком можно согласиться лишь отчасти. В своей политической полемике, направленной прежде всего против евреев и еврейства, Белов-романист «ориентируется» не на свои «сугубо личные... оценки», а на общие места антисемитского дискурса, судя по всему, вычитанные откуда-то или услышанные им в разговорах с соратниками по партии — коммунистической партии и «русской партии». И даже в тех случаях, когда Белов ссылается на исторические факты, эти факты оказываются вырванными из сложного и многогранного исторического контекста советской истории.

Роман «Все впереди» представляет собой блеклую имитацию языка и стиля сразу нескольких советских «городских» писателей, прежде всего Юрия Трифонова, а также авторов, известных художественной прозой о деятелях науки, в особенности Вениамина Каверина, Даниила Гранина и Иосифа Герасимова. Еврейская эмиграция представлена в романе как одновременно предательство евреев и угроза русской государственности. Белов эксплуатирует целый ряд мифов, хорошо известных исследователям расовой, этнической и религиозной нетерпимости. Среди них миф о том, что мужчины из меньшинств вожделеют женщин из окружающего их большинства (у Белова еврейские мужчины вожделеют русских женщин). Один из героев романа, инженер Михаил Бриш, не может выбросить из сердца свою бывшую одноклассницу Любу, русскую красавицу, которая замужем за талантливым инженером-физиком Медведевым.

Роман открывается поездкой героев в Париж в 1974 году. Во время этой поездки Бриш подначивает еще одного еврея в группе советских туристов соблазнить Любу, чтобы тем самым вбить клин между ней и Медведевым. Бриш и его приятель-еврей заключают пари, и победитель получает бутылку виски «White Horse». Эта банально-апокалиптическая лошадь (ср. «конь белый» из Откровения апостола Иоанна Богослова, 19: 11) в тексте романа появляется несколько раз. Беловская белая лошадь, по-видимому, должна символизировать нравственный упадок Запада и предупреждать читателя, что под тлетворным еврейским влиянием разваливается не только русская семья, но и сама Россия. Взрыв в лаборатории, кустарно введенный в сюжет, приводит к аресту и административной ссылке Медведева. Бриш вскоре занимает его место сначала на работе, а потом в семье, женившись на Любе и усыновив / удочерив двоих детей Любы и Медведева. Во второй части романа действие происходит в 1984 году (когда, с исторической точки зрения, еврейская эмиграция из СССР практически замерла). Медведев возвращается и вступает в контакт с детьми как раз в тот момент, когда Бриш серьезно задумался об эмиграции. Белов вставляет сразу несколько антиеврейских, а в одном случае специфически антииудейских, выпадов в разговоры Медведева и его приятеля Иванова, алкоголика-нарколога, словно извлеченного из более ранней прозы писателя. Вчитайтесь в диалог между Медведевым и Ивановым, который во многом озвучивает авторские взгляды. Сатанизация евреев и параноидальные рассуждения о международном еврейском заговоре сближают «Все впереди» с исторической трилогией Белова:

> — Ну, религий, пожалуй, не так уж и много, — заметил Медведев. — И суть их одна и та же.
> — Одна? Нет, извини. Ислам, например, если не обязывает, то разрешает убивать иноверцев. Я уж не толкую об иудаизме...
> — Ой, давно ли он начал думать о боге? — Валя толкнула локтем Светлану.
> Иванов спокойно поглядел на сестру и жену. Он продолжал:
> — Не знаю, как насчет бога, а дьявол есть, это уж точно. Я ощущаю его везде и всегда.
> — Как? — Зуев поднял костыль. — Это, наверно, я. Я ведь тоже хромой. Даже на обе ноги...
> Но Иванов не был намерен шутить:
> — Существует могучая, целеустремленная, злая и тайная сила, ты что, не знал? И мало кто сознательно выступает против нее... [Белов 1991–1993, 2: 344–345].

Последнее близко к тексту парафразирует «Протоколы сионских мудрецов» — фальшивку, столь почитаемую национал-патриотами. Говоря о Брише, Медведев заявляет: «Чтобы уничтожить какой-нибудь народ, вовсе не обязательно забрасывать его водородными бомбами, — сказал Медведев. — Достаточно поссорить детей с родителями, женщин противопоставить мужчинам. Не так просто, но возможно» [Белов 1991–1993, 2: 348]. Белов риторически подталкивает читателя к тому, чтобы увидеть в описываемых в романе манипуляциях Бриша аллегорию происходящего с Россией в руках евреев. Уже в самом конце романа «Все впереди» Иванов предупреждает Медведева о намерениях Бриша: «Когда ты решишь, они будут уже в каком-нибудь Арканзасе. Ты предал своих детей!» [Белов 1991–1993, 2: 387].

Даже Александр Солженицын, отнюдь не склонный пенять русским писателям за антисемитизм, даже Солженицын, отдавая должное таланту Белова и высоко оценивая его раннюю прозу, критически оценивает роман «Все впереди»:

> Но тут автор не выдерживает далее своего раздражения, выходит за пределы семейного конфликта — и столкновение нарколога <Иванова> с Бришем накаляет в русско-еврейский спор — как будто вся причина произошедшего в еврейской принадлежности Бриша, — неужели это евреи виновны в беспутстве и развале русских семей? Тут уже зацеплено и — еврей ли Христос? и — «вековая тоска» в глазах Бриша, и «русская удаль», которая «скачет на тройке еще с гоголевских времен»... <...> Белов касается многих больных вопросов в тоне воинственном (но — ни звука о советском политическом устройстве) — однако весь счёт к современной цивилиза-

ции и нравственности не уместился в малую романную форму. От неразряженного авторского раздражения — и неудача [Солженицын 2003].

Неудача — это еще мягко сказано. Роман Белова слаб, плакатен — перед нами некая почвенническая позднесоветская версия романа «Что же ты хочешь» (1969) Всеволода Кочетова. Описывая карьеру Василия Белова, британский русист Арнольд Макмиллин пришел к следующей оценке романа: «Резкий упадок таланта, усугубляемый правым экстремизмом и антисемитизмом» [McMillin 1998: 153][19]. В романе «Все впереди» очевиден упадок творчества Белова на рубеже 1990-х годов.

---

[19] Об антиеврейской тенденциозности в исторической трилогии Белова и в романе «Все впереди» см. также: [McMillin 1998: 154].

Валентин Распутин. Экологический антисемит на перепутье истории

Валентин Распутин родился в 1937 году в селе Усть-Уда Иркутской области в крестьянской семье. По сравнению со своим старшим современником Астафьевым, Распутин вошел в литературу рано и стремительно. Он окончил историко-филологический факультет Иркутского государственного университета. Начав свой путь в 1959 году молодым журналистом в региональной сибирской прессе, к первой половине 1970-х годов Распутин стал одним из самых известных советских писателей. Он был не так плодовит, как некоторые из его накурников по движению писателей-«деревенщиков». Корпус художественной прозы Распутина насчитывает полдюжины повестей и коротких романов и около тридцати рассказов. События многих из них разворачиваются в сибирской деревне. Для Распутина-художника органичны экологические метафоры и аллегории; эпические масштабы описываемых им местных сибирских невзгод передают общее духовное состояние русского народа. В повести «Живи и помни» (1975) — на мой взгляд, лучшей у Распутина — в реке Ангаре без труда угадывается мифологический Стикс. Затопляемый остров, жителей которого заставляют покинуть родные дома в «Прощании с Матёрой» (1976), символизирует саму Россию, всю Россию советского периода. Пожар в одноименной повести (1985) горит с яростью апокалиптического пламени, сжигая сибирское село. Для прозы Распутина характерны открытые концовки, оставляющие без ответа вечные этические вопросы о любви, верности, дружбе и вере. По складу ума предрасположенный к проповеди, в художественной прозе 1970-х и 1980-х годов писатель удержался от программных заявлений и авторских комментариев. Вероятно, именно по этой причине повести и рассказы Распутина советского периода далеки от вопросов межнациональных и межконфессиональных отношений в контексте российской и советской истории, столь занимавших других писателей-«деревенщиков». Если Распутин-прозаик и затрагивает отношения между евреями и русскими, то делает это путем намеков и закодированных аллюзий. Является ли евреем носитель имени Рудольф (Рудик), разбивший сердце девочки Ио в известном рассказе «Рудольфио» (1967)? А «товарищ Жук» из «отдела по зоне затопления» в «Прощании с Матёрой», — человек с «черн<ым> цыганск<им> лицо<м>»? Еврей ли он, этот персонаж, имя которого отсылает к товарищу Жуку, — русскому большевику, бывшему токарю с завода «Судосталь» в «Цементе» Федора Гладкова? Распутин колеблется между предрассудком и правдоподобием.

В поздние 1970-е и ранние 1980-е Распутин все чаще выходит на трибуну центральных советских газет («Советская культура», «Советская Россия» и др.), обращаясь к миллионам с позиции защитника русской природы и культуры. К началу 1980-х Распутин стал одним из ведущих комментаторов по экологическим вопросам, в круг которых входила защита озера Байкал от загрязнения. Он ратовал за защиту и сохранение церквей и деревянной архитектуры. Именно в эти годы в дискурсивных заявлениях Распутина начинают звучать антиеврейские ноты. Еврейские (или похожие на еврейские) фамилии появляются на страницах статей и выступлений Распутина в связи с вопросами об ответственности за загрязнение сибирской природы или за разрушение памятников русской истории в ходе урбанизации. В книге «Сибирь, Сибирь» (опубликована в 1991 году) в главе «Байкал» Распутин пишет, к примеру, об Альберте Бейме, «директор<е> института токсикологии в Байкальске; вместе со своими содружниками много лет он доказывал, что никакого вреда, окромя пользы, <целлюлозный> комбинат Байкалу не приносит» [Распутин 1994б, 3: 113]. Там же Распутин фактически обвиняет в бездействии межведомственную комиссию «под началом Ю. А. Израэля, председателя Госкомгидромета, <которой> поручено наблюдать, подгонять, вносить, если потребуется, поправки, координировать, входить с предложениями...» [Распутин 1994б, 3: 123]. (Ультрапатриоты и почвенники особенно любили упоминать имя Юрия Израэля, сына русской матери и выходца из Эстонии, уверенные в том, что Израэль — еврей[1].) Историкам антисемитизма в СССР известно, что в 1980-е годы ультрапатриотическое общество «Память» возникло именно как «движение снизу» (grassroots movement), внешне ставя своей задачей охрану памятников русской архитектуры и истории и защиту русских церквей. В июле 1987 года, на заре горбачевской

---

[1] См.: [Белов 2002а: 173].

перестройки, Распутин выступал в Горьком (Нижнем Новгороде) на Пятом съезде всероссийского общества охраны памятников истории и культуры. В докладе, озаглавленном «"Жертвовать собою ради правды". Против беспамятства», Распутин защищал общество «Память» от критики в прессе. Распутин прямо противопоставил деятельность «Памяти» нападкам людей, чью идентификацию обозначил следующими словами:

> Не странно ли: люди, предавшие Россию, сбежавшие, обливающие ее грязью, а затем, не найдя на стороне обетованного рая, корыстно воротившиеся обратно, ходят у нас чуть ли не в героях, индульгенции на ошибки выданы им навечно, а люди, искренне, пусть и неумело, озабоченные судьбой России, наскоро и безапелляционно и тоже навечно мажутся черной политической и националистической краской. Есть логика? Есть, очевидно, но искать ее надо в кастовых интересах [Распутин 1988: 171].

Здесь и в других выступлениях и статьях Распутина периода перестройки слово «еврей» и его производные отсутствуют, однако аллюзии и намеки оказываются достаточно прозрачными, особенно для читателей журнала «Наш современник», ставшего в те годы литературно-публицистическим оплотом ультрапатриотов. Говоря о том, что «есть люди, которым очень не нравится опамятовавшая Россия», Распутин вторит антисемитским идеям, красной нитью проходящим по полемическим сочинениям таких идеологов «русской партии», как Игорь Шафаревич, Вадим Кожинов и Станислав Куняев. Далее в докладе Распутин так описывает задачи тех, кого он называет местоимением «они»:

> Поэтому слова «память» и «патриот» они готовы сделать ругательными, как это уже было в 20-х годах, а великие творения предков наших объявить примитивом и националистическим дурманом. <...> У них испытанное оружие — революционные лозунги, которыми они жонглируют с ловкостью циркачей и под сенью которых готовы произнести любую анафему [Распутин 1988: 171].

Похожие идеи Распутин высказал — в более апокалиптическом ключе — на Седьмом съезде писателей России в 1990-м году: «...будто сама Россия уходит у нас из-под ног в неведомое и чужое пространство, расположенное поверх или понизу ее собственного культурного и национального тысячелетнего бытия <...> к руководству Россией пришли люди, которые даже не считают нужным скрывать к нам свою неприязнь» [Распутин 2015: 679–680].

В годы перестройки Распутин говорил о себе как о «человек<е>, делегированн<ом> от экологически настроенной части общества» [Распутин 1990б: 1], и термин «экологически настроенной» следует воспринимать в самом широком его значении, не только по отношению к природной окружающей среде. В марте 1990 года он подписал так называемое «Письмо 74-х», отражавшее идеи, настроения и фобии многих участников тогдашнего ультрапатриотического движения деятелей русской культуры[2]. В письме «писателей России» открытым текстом звучали проклятья в адрес Израиля:

---

[2] Первоначальный текст письма с подписями 74-х литераторов был опубликован 2 марта 1990 года в газете «Литературная Россия». См.: [Письмо 1990в].

> Не замечателен ли сам по себе факт, что фабрикация мифа о «русском фашизме» проходит на фоне стремительной реабилитации и безоглядной идеализации сионистской идеологии? Эта идеализация равно касается нынче и советских, и зарубежных культурных, общественных деятелей еврейского происхождения — в том числе политических деятелей фашистского государства-агрессора Израиля. <...>
> В связи с расширяющимися вне воли русского народа дружественными контактами СССР с фашистским государством Израиль свободный *экспорт* сионизма в нашу страну стал грозной реальностью, и опасность его для всех народов страны выдвинулась на первый план [Письмо 1990а: 2–4].

В письме также высказывалось опасение, что обсуждаемый «закон об антисемитизме» «особенно опасен для русского населения, сполна уже испытавшего на себе его действие в 20–30-е годы. Как известно, по существу это был ЗАКОН О ГЕНОЦИДЕ РУССКОГО НАРОДА» [Письмо 1990а: 2–4][3].

В «Письме 74-х», как в больной истерике, бурлящей злобой и бешенством, общие места современного антисемитизма переплелись с рваными клочьями советской антисионистской (антиеврейской) риторики и легли на субстрат русского ультранационалистического дискурса. Среди поставивших подпись под этим документом были Татьяна Глушкова, Вадим Кожинов, Юрий Кузнецов,

---

[3] В других версиях «Письма 74-х» антисемитские акценты расставлены еще острее и выразительнее. См. вариант на сайте, посвященном Леониду Леонову: [Письмо 1990б].

Станислав Куняев, Леонид Леонов, Михаил Лобанов, Александр Проханов и Игорь Шафаревич, известные своими антисемитскими взглядами. Письмо не подписали Виктор Астафьев (по причинам разлада с лагерем ультранационалистов) и Василий Белов (по неизвестным мне причинам). В то же время, по ряду причин, о которых можно судить по-разному, Распутин все еще воздерживался от открыто антисемитских высказываний и настаивал, что, «прежде чем искать виновников в какой-то другой нации, нужно все-таки предъявлять требования к своей собственной» [Распутин 1990б: 3].

Распутин оказался в центре внимания прессы в момент особенного накала межнациональных отношений в преддверии распада СССР. В январе 1990 года отрывки из интервью с Распутиным появились в пространной статье корреспондента «Нью-Йорк Таймс» Билла Келлера, посвященной подъему русского национализма в перестроечные годы. В английском переводе первоначальной цитаты из высказывания Распутина была допущена существенная ошибка; Распутин опротестовал публикацию, и «Нью-Йорк Таймс» опубликовала исправленную цитату. Бо́льшая часть интервью Распутина с Биллом Келлером была включена в эссе американского писателя Питера Мэттьессона «Жемчужина Сибири», опубликованное в «Нью-Йорк Ревью оф Букс» и посвященное путешествию по озеру Байкал, в котором принял участие и сам Распутин. Даже в уточненном и исправленном варианте это интервью 1990 года остается самым острым и открытым высказыванием Распутина по еврейскому вопросу, сделанным в перестроечные годы. К обвинениям писателя в антисемитских воззрениях привели следующие слова:

> Грех богоубийства такой древний, совершен так давно, что целая нация не может считаться ответственной за него в наше время. Грех не в крови. Совершенно абсурдно не принимать кого-то только потому, что он еврей, хотя у нации существуют характерные черты. Я думаю, что сегодня должны испытывать ответственность за грех совершения революции, и за форму, которую она <революция> приобрела. <Они должны испытывать ответственность> за террор. За тот террор, который происходил во время революции, и особенно после революции. Они играли большую роль, и их вина велика. Не за убийство Бога, а за это[4].

Оставим в стороне вопросы о веяниях христианского антисемитизма, нашедших выражение и отражение в высказываниях Распутина, и сосредоточимся на его словах о роли евреев в истории России. Сожалел ли Распутин о сказанном в интервью с Келлером? Есть основания полагать, что он испытывал смешанные чувства относительно смысла своих слов о «вине» евреев перед Россией. «Сделать из меня антисемита не удастся, — разъяснял он свою позицию через полгода после интервью «Нью-Йорк Таймс»,

> — не однажды я имел случай объяснять, что греха крови быть не может, что принадлежность к той или другой нации в наше время — это не расовое, а духовное понятие, воспитание в определенной культурной и исторической среде... <...> Как русский человек

---

[4] Цит. в обратном дословном переводе по: [Matthiessen 1991: 43]. Ср. [Keller 1990: 47]; corrections: New York Times. 1990. 29 July. P. A3.

я, естественно, прежде всего озабочен уровнем самосознания и необходимостью культурного и духовного возрождения России» [Распутин 1990а: 6].

В разговорах с западными литераторами Распутин настаивал, что он не антисемит и что закрепившийся за ним ярлык русского антисемита не соответствует его творчеству и убеждениям[5]. В то же время в беседах с Виктором Кожемяко, позднее вошедших в книгу «Эти двадцать убийственных лет» (2011), Распутин сказал, что опыт интервью с «Нью-Йорк Таймс» научил его «глубже всматриваться и лучше разбираться в происходящем как у нас в отечестве, так и во всем мире» [Распутин 1999: 2; ср. Распутин 2011: 66–67]. Из бесед с Кожемяко, частично опубликованных в периодике до выхода книжного издания, становится очевидно, что в 1990-е годы Распутин гораздо больше думал и читал о еврейском вопросе. В чем же Распутин «разобрался» в постсоветские годы? Изменилась ли его позиция по еврейскому вопросу? Стал ли он мудрее, терпимее, справедливее?

В программном эссе «Мой манифест» (1997) Распутин писал на страницах «Нашего современника», отчасти вторя словам Астафьева из переписки с Эйдельманом: «...у нас не однажды убивали монархов, а затем все семейство последнего самодержца, немецкое засилье сменялось у нас французским, а французское — еврейским, последнее срослось с американским...» [Распутин 1997: 4]. Показателен разговор Распутина с Кожемяко, записан-

---

[5] Об этом см., к примеру, свидетельства Элизабет Рич и Питера Мэттьессона: [Rich 1999: 386; Matthiessen 1999: 45].

ный в 1999 году и в том же году опубликованный в газете «Советская Россия», известной своей патриотически-*коммунацистской* позицией[6]. Распутин приводит шаблонные суждения об антисемитизме в постхолокостном мире — и в постсоветской России в частности. Он по-прежнему прямо или косвенно винит самих евреев во многих бедах и несчастьях, постигших их в XX веке, и явственно связывает возможность антисемитских настроений в России с действиями самих евреев, о поведении которых он судит в стереотипном ключе:

> Существует ли антисемитизм? Да, я бы не решился утверждать, что его не существует вовсе. Столь страстное и могучее, независимо от того, сознательное оно или бессознательное, желание получить его не могло не послужить поддувалом для тлеющих углей. Если изо дня в день слышишь еврейское: наконец-то мы захватили власть! Мы контролируем свыше половины ее экономики! Больше наглости с этим народом! — это вызывает не страх и подавленность, а совсем иные чувства. Самые ненавистные в России образы, с которыми связано разграбление страны, они же — Гайдар, Чубайс, Немцов, Березовский… <…> Куда подевалась хваленая осторожность и предусмотрительность евреев, их рассудительность и расчетливость? [Распутин 1999: 2; ср. Распутин 2011: 69].

Распутин винит преследуемых в постигших их преследованиях — винит не преследующее большинство, а *пре-*

---

[6] Термин «коммунацизм» (Communazism) введен в обиход Владимиром Набоковым.

следуемое меньшинство. Его суждения являют собой вариант классической модели преследования, основанной на конструкции расы и идентичности — иначе говоря, модели расизма и антисемитизма. В воспаленном сознании Распутина не евреям грозит потенциальная опасность со стороны русских экстремистов, а *евреи* угрожают будущему России:

> Визг, поднятый вокруг «русского фашизма» и антисемитизма, неприличен, он сам выдает себя с головой. Будь действительно опасность фашизма, реакция должна бы быть серьезней, как накануне второй мировой войны. Тут и детектора лжи не надо, так видать. Опасность-то, кстати, есть, но с какой стороны — вот тут надо всматриваться зорче [Распутин 1999: 2; ср. Распутин 2011: 65].

Особенно характерно высказывание, показывающее, что Распутин не понимает существа антисемитизма:

> Никакого врожденного антисемитизма у русских быть не может — если не принимать за антисемитизм их национальность. Когда евреи находятся на одном уровне жизни и отношений с русскими и другими, к ним не может быть и настороженности: вместе работаем, вместе мыкаем горе [Распутин 1999: 2; ср. Распутин 2011: 67–68].

Кожемяко далее подначивает Распутина: «Иногда ведь и вас, так же как Шафаревича, Кожинова, Лобанова и других замечательных патриотов России, могут походя обозвать "фашистом". Извините, но как же вы можете переносить такое? Как сердце-то ваше выдерживает всё, что враги России обрушивают на вас?» Распутин отвечает:

> Ничего, фронтовая действительность закаляет. Не нравиться дурным, говорил Сенека, для человека похвально. Эх, если бы и впредь пришлось иметь дело с такими «фашистами», как мы! Не закрывающими глаза на недостатки и пороки своего народа, замечающими таланты и достоинства других народов. Но ни в своем, ни в каком другом народе не согласимся мы с «избранностью», с «выше всех», с правом навязывать свою волю и вкусы, с особым счётом к миру за своё присутствие в нём [Распутин 1999: 2; ср. Распутин 2011: 70–71].

Распутин, по-видимому, не понимает — и потому искажает — ключевые факты послевоенной истории Западной Европы, Израиля и стран Восточного блока. Он негодует по поводу статуса евреев после Шоа, который представляется ему незаслуженно исключительным. Комментируя книгу бывшего посла Италии в России Серджио Романо «Письмо к другу-еврею» («Lettera a un amico ebreo», 1997), тогда еще не опубликованную в русском переводе, Распутин заявляет:

> Выходит, что из своей национальной беды евреи сделали бизнес. Германия, как страна, попустившая Гитлера, до сих пор платит государству Израиль в качестве контрибуций огромные деньги. Хотя при Гитлере такого государства еще не существовало. Славянским государствам за геноцид на оккупированных территориях Германия не платит. <…> Ну

можете вы себе представить, чтобы русские, больше всех пострадавшие от Гитлера, добились бы для себя исключительного права на выплаты за жертвы и страдания своего народа? Напористости не хватает? Но напористости потому и не хватает, что мы не считаем себя лучше всех. Совести хватает. Опять утверждается, возвращаясь на круги своя: есть избранный народ и есть прочие народы, гои, с которыми можно не считаться. Так от кого же, спрашивается, исходит угроза фашизма. Кто являет явные признаки расизма, радикализма, экстремизма, нетерпимости, говорит о своем превосходстве, считает себя неприкасаемым, не знает меры в своих притязаниях? [Распутин 1999: 2; ср. Распутин 2011: 72–73][7].

Цитирование источников, по-видимому, представляется Распутину опасной еврейской привычкой, недостойной русского патриота. Опираясь на вычитанные где-то и вырванные из контекста слова итальянского журналиста Индро Монтанелли, высказанные в ответ на книгу Романо, Распутин предупреждает евреев, что они сами могут навлечь на себя новые «гонения», потому что «мы все живем в хрупком и все более ненадежном мире, где никому не следует преувеличивать свою силу и рассчитывать на свою безнаказанность» [Распутин 1999: 2; ср. Распутин 2011: 73].

Английский исследователь Дэвид Гиллеспи считает, что «впоследствии <...> произведения <Распутина>, как фикшн, так и нон-фикшн, потеряли часть своих эстети-

---

[7] Сноски в книге нет, поэтому неизвестно, откуда исходят сведения Распутина о цитируемой им книге С. Романо. Судя по всему, книга Романо по-русски пока не выходила.

ческих достоинств, и к середине 1990-х годов несут все признаки озлобленной тенденциозности» [Gillespie 1998: 688]. Распутину действительно не суждено было больше создать художественных произведений, равных по силе и мастерству лучшим его повестям 1970-х годов, таким как «Живи и помни» и «Прощание с Матёрой». Прозу последнего десятилетия жизни Распутина — рассказы из постсоветской провинциальной жизни и повесть «Дочь Ивана, мать Ивана» (2003) — можно уподобить ламентациям по ушедшей советской жизни. В поздних художественных произведениях Распутина лишь изредка появляются намеки на еврейского Чужого: «Агитаторы, все из науки и культуры, все, как на подбор, черные и бородатые, соловьями заливались, ужами изворачивались, чтобы показать, где спрятано счастье жизни» (рассказ «Сеня едет») [Распутин 1994а: 6]. Оставив мутный след в сознании Распутина, антисемитизм главным образом проявился в публицистике писателя, а не в его художественной прозе.

Вместо заключения. Свобода, ответственность и бремя антисемитизма

В третьем — и последнем — узле короткой переписки с Виктором Астафьевым Натан Эйдельман высказал ключевую мысль о судьбе писателя, встающего на путь антисемитизма:

> Спор наш (если это спор) разрешится очень просто: если сможете еще писать хорошо, лучше, сохранив в неприкосновенности нынешний строй мыслей, — тогда Ваша правда. Но ведь не сможете. Последуете примеру Белова, одолевшего-таки злобностью свой дар и научившегося писать вполне бездарную прозу (см. его роман «Все впереди» — «Наш современник», 1986 г., № 7–8) [Эйдельман и Астафьев 1990: 67].

Именно в этих словах — высшая точка диалога Эйдельмана и Астафьева. Уже отмечалось — Юрием Карабчиевским и другими критиками, — что в первом письме Эйдельман слишком великодушен к Астафьеву, будто не замечая очевидного: в своей «чест‹ности›», в своей «настоящ‹ей› и сильн‹ой›» «бол‹и› за Россию» (слова Эйдельмана) Астафьев даже не пытается понять своих еврейских соотечественников, а, напротив, относится к ним как к угрожающим России чужакам. Ретроспективный анализ указывает на проблематичность либерально-интеллигентской позиции советского еврея Эйдельмана, тешащего себя надеждой на этический универсализм культуры. Сейчас, по прошествии более трех десятилетий, изначальный посыл его обращения к Астафьеву представляется особенно искусственным и надуманным. Но в то же самое время в своем заключении Эйдельман оказался безупречно прав.

Астафьев, Распутин, Белов — ведущие писатели-«деревенщики» — сами вызвали упадок русской деревенской прозы, вписав антисемитский нарратив русской и советской истории в свои литературные произведения и публичные дискурсивные заявления. Евгений Ермолин показал, как с годами «деревенщики», особенно Белов, уходят в сторону от «вопроса о нашей собственной вине, акцентируя тему врагов, коварно надругавшихся над девственной душой наивного и простодушного ‹русского› народа» [Ермолин 2011][1]. Позволив себе стать орудиями в той «культурной» (на самом деле малокультурной) войне против евреев и еврейства, которая велась «русской партией», к середине 1980-х годов ведущие писатели-«деревенщики» почти полностью задушили в себе оригинальных художников. Дискурсивные заявления Астафьева, Белова и Распутина обнажают полнейшее безразличие к судьбам евреев СССР — безразличие и беспамятство,

---

[1] Приводя примеры из Астафьева и Белова, Ермолин далее пишет об их фиксации на евреях: «По миру заходил чужак, преуспевающий посреди всеобщего разлада и надрыва. Это какой-нибудь Гога Герцев, беспринципный и опасный эгоист из астафьевской "Царь-рыбы", или там вечный отъезжант Миша Бриш из "Все впереди"… Имя им легион».

и, конечно же, непонимание государственного антисемитизма советской системы с 1940-х вплоть до поздних 1980-х годов. «В публицистике деревенщиков горько удивляет частичная потеря памяти», — констатировала Ольга Славникова в 1999 году [Славникова 1999: 201][2]. Афористическая формулировка Славниковой приложима не только к публицистике, но и к романам и рассказам представителей русской деревенской прозы. Приведем также наблюдение Евгения Ермолина, впервые высказанное в 1992 году:

> И я уже без пиетета, ожесточенно и, пожалуй, оголтело формулирую: вот писатели, не исполнившие своего призвания. Они не имели внутренней решимости, чтобы идти самым рискованным путем, им недоставало воли к исканию, к жизненной неустроенности, к бескомпромиссному служению истине. И они стали самоуверенными апостолами банальной веры, публицистами-моралистами [Ермолин 2011].

Возлагая на евреев вину за упадок русской деревни и традиционной русской православной культуры и одновременно отказываясь думать и писать о евреях с той же долей интеллектуальной и художественной честности, что и о русских, писатели-«деревенщики» активно распространяли как бытовые, так и государственные формы советского антисемитизма. Остается надеяться, что хотя

---

[2] Ср. еще одно наблюдение Славниковой о В. Белове: «Видимо, образная память писателя, создавшего "Час шестой" <sic>, оказалась сильнее памяти обычной, каким-то странным способом соткавшей над нашим социалистическим прошлым расписную завесу небывшего счастья» [Славникова 1999: 333].

бы часть наследников советской деревенской прозы освободилась от влияния антисемитских мифов[3].

Размышляя о причинах упадка русской деревенской прозы, я бы хотел обратиться к известным словам Жана-Поля Сартра (1905–1980), высказанным в книге «Что такое литература?» («Qu'est-ce que la littérature?», 1948). Немало страниц в этой книге посвящено исследованию форм нетерпимости в литературе. Важно представлять себе исторический и идеологический контекст послевоенных и постхолокостных 1940-х годов, когда Сартр работал над книгой «Что такое литература?». К тому времени он уже выпустил «Размышления о еврейском вопросе» («Réflexions sur la question juive», 1944, книга опубликована в 1945 году), в которой охарактеризовал антисемитизм скорее как некую патологическую страсть или болезнь, нежели идею или идеологию. В эти годы Сартр переживал роман с коммунистическим движением и опьянение марксизмом. В конце 1940-х и начале 1950-х годов он восхищался сталинской советской империей, по сути оправдывая террор и ГУЛАГ во имя успехов социализма в СССР и отказываясь осудить государственный антисемитизм последних лет правления Сталина. Судя по всему, Сартр многое понимал, но в те годы считал осуждение сталинизма и самого Сталина несвоевременным. Уже после смерти Сталина, совершив поездку в СССР в 1954 году, Сартр говорил об СССР как о стране, в которой существует «полная свобода критики». Позднее Сартр назовет эти свои слова «ложью»[4].

---

[3] О современных русскоязычных «деревенщиках» см.: [Пермяков 2019].

[4] О поездке Сартра в СССР и его словах и рефлексиях см., к примеру: [Scriven 1993: 41–44].

После кровавого подавления венгерского восстания 1956 года к нему постепенно пришло прозрение.

Критик колониального порабощения народов и будущий поклонник Че Гевары, обличитель антисемитизма, относительно благополучно переживший оккупацию Франции, Сартр лучше многих современников понимал цену апологетики, пусть даже совершаемой во имя высоких идей. Слова о расизме и антисемитизме в литературе были произнесены Сартром на пороге черных лет для евреев СССР — лет прямой, геноцидной государственной атаки на еврейскую самоидентичность и культуру. Не потеряв своего значения семьдесят лет спустя, эти слова применимы к истории русской деревенской прозы и упадку ее лучших представителей. Говоря о свободе и ответственности писателя по отношению к проявлениям расизма, Сартр заметил следующее:

> Можно представить себе хороший роман, который напишет американский негр, и пусть даже ненависть к белому населению будет разлита по всему <роману>, этой ненавистью он потребует свободы для своей расы. <...> И потому я выступаю против белой расы и даже против себя, будучи ее частью, когда требую, чтобы все свободы призывали к освобождению цветного населения. Но никто не может даже на миг представить себе, что можно написать хороший роман в поддержку антисемитизма[5].

---

[5] Французский оригинал последнего предложения: «Mais personne ne saurait supposer un instant qu'on puisse écrire un bon roman à la louange de l'antisémitisme» [Sartre 1948: 80]; ср. английский перевод: [Sartre 1949: 63–64].

Источники

Астафьев 1980 — Астафьев В. Царь-рыба. Повествование в рассказах. М.: Советский писатель, 1980.

Астафьев 1990 — Точка зрения Виктора Астафьева // Даугава. 1990. № 6. С. 80–81.

Астафьев 1991 — Астафьев В. Печальный детектив // Собрание сочинений: В 6 т. М.: Молодая гвардия, 1991. Т. 1. С. 417–537.

Астафьев 1994а — Астафьев В. Последний поклон. Изд. доп. и испр.: В 2 т. Красноярск: Благовест, 1994. Т. 2. С. 335–349.

Астафьев 1994б — Астафьев В. Прокляты и убиты. М.: Вече, 1994.

Астафьев 1996 — Астафьев В. Так хочется жить. Повести и рассказы. М.: Книжная палата, 1996.

Астафьев 1998 — Астафьев В. Ловля пескарей в Грузии: Рассказ без сокращений и с послесловием // Собрание сочинений: В 15 т. Красноярск: Офсет, 1998. Т. 13. С. 245–336.

Астафьев 2009 — Астафьев В. Нет мне ответа... Эпистолярный дневник. 1952–2001 годы / Сост. Г. Сапронов. Иркутск: Издатель Сапронов, 2009.

Астафьев и Ришина 1995 — Астафьев В., Ришина И. Так хочется жить. Виктор Астафьев в беседе с Ириной Ришиной // Литературная газета. 1995. 8 февр. № 6. С. 3.

Астафьев и Ришина 1996 — Астафьев В., Ришина И. Разговор на фоне новой книги (Из диалога Ирины Ришиной и Виктора Астафьева) // Так хочется жить / Виктор Астафьев. С. 3–10.

Белов 1961 — Белов В. Деревенька моя лесная. Вологда: Вологодское книжное изд-во, 1961.

Белов 1972а — Белов В. Кануны. Хроника конца 20-х годов // Север. 1972. № 4. С. 3–48.

Белов 1972б — Белов В. Кануны. Хроника конца 20-х годов // Север. 1972. № 5. С. 3–56.

Белов 1976 — Белов В. Кануны. Хроника конца 20-х годов. М.: Современник, 1976.

Белов 1986 — Белов В. Раздумья на родине. Очерки и статьи. М.: Современник, 1986.

Белов 1987 — Белов В. Кануны. Хроника конца 20-х годов. Ч. 3 // Новый мир. 1987. № 8. С. 6–81.

Белов 1988 — Белов В. Кануны. Хроника конца 20-х годов. М.: Молодая Гвардия, 1988.

Белов 1989а — Белов В. Выступление на I Съезде народных депутатов СССР // Правда. 1989. 3 июня. № 154 С. 4.

Белов 1989–1994 — Белов В. Год великого перелома // Новый мир. 1989. № 3. С. 6–95; 1991. № 4. С. 91–134; Наш современник. 1994. № 1. С. 11–51; № 2. С. 7–51.

Белов 1989в — Белов В. Кануны. Хроника конца 20-х годов. Петрозаводск: Карелия, 1989.

Белов 1991–1993 — Белов В. Собрание сочинений: В 5 т. М.: Современник, 1991–1993.

Белов 1992 — Белов В. Происходящее сегодня — это маскарад... Интервью Н. Белоцерковской // Посев. 1992. № 1. С. 41–46. URL: https://www.booksite.ru/belov/interview/8.htm (дата обращения: 06.10.2016).

Белов 1993 — Белов В. Кануны: Роман-хроника конца 20-х годов // Собрание сочинений: В 5 т. Т. 3. М.: Современник, 1993.

Белов 1994а — Белов В. Год великого перелома. Хроника начала 30-х годов. М.: Голос, 1994.

Белов 1994б — Белов В. Кануны. Хроника конца 20-х годов. М.: Голос, 1994.

Белов 1997–1998 — Белов В. Час шестый // Наш современник. 1997. № 9. С. 7–49; 1997. № 10. С. 73–100; 1998. № 2. С. 7–36; 1998. № 3. С. 19–67.

Белов 1999 — В. Белов. Час шестый. М.: Голос, 1999.

Белов 2002а — Белов В. Второе выступление // А. Белов, А. Заболоцкий. Тяжесть креста. Шукшин в кадре и за кадром. М.: Советский писатель, 2002. С. 172–174.

Белов 2002б — Белов В. Раздумья о дне сегодняшнем. Рыбинск: Рыбинское подворье, 2002.

Белов 2002в — Белов В. Час шестый. Трилогия. Вологда: Вологодская писательская организация, 2002.

Распутин 1988 — Распутин В. «Жертвовать собою ради правды». Против беспамятства // Наш современник. 1988. № 1. С. 169–172.

Распутин 1999 — Распутин В. Краденый венец // Советская Россия. 1999. 5 янв. № 5. С. 2.

Распутин 1997 — Распутин В. Мой манифест (Наступает пора для русского писателя вновь стать эхом народным) // Наш современник. 1997. № 5. С. 3–6.

Распутин 1990а — Распутин В. О моем интервью «Нью-Йорк таймс мэгэзин» // Известия. 1990. 14 июля. № 196. С. 6.

Распутин 1990б — Распутин В. Один из команды президента: Интервью Ирине Ришиной // Литературная газета. 1990. 4 апр. № 14.

Распутин 2015 — Распутин В. Россия уходит у нас из-под ног // У нас остается Россия: Очерки, эссе, статьи, выступления, беседы. М.: Институт русской цивилизации, 2015. С. 678–685.

Распутин 1994а — Распутин В. Сеня едет // Москва. 1994. № 7. С. 3–20.

Распутин 1994б — Распутин В. Собрание сочинений: В 3 т. М.: Молодая гвардия: Вече-АСТ, 1994.

Распутин 2011 — Распутин В. Эти двадцать убийственных лет. Беседы с Виктором Кожемяко. М.: Эксмо, Алгоритм, 2011.

Эйдельман и Астафьев 1986 — Переписка из двух советских углов // Время и мы. 1986. № 93. С. 192–200.

Эйдельман и Астафьев 1987 — Эйдельман Н. Я., Астафьев В. П. Переписка из двух углов // Синтаксис. 1987. № 17. С. 80–87.

Эйдельман и Астафьев 1990 — От слов к делу? Переписка Н. Я. Эйдельмана с В. П. Астафьевым // Даугава. 1990. № 6. С. 62–67. URL: http://lib.ru/PROZA/ASTAFIEW/p_letters.txt (дата обращения: 07.10.2016).

Библиография

Азадовский 2003 — Азадовский К. Переписка из двух углов Империи // Вопросы литературы. 2003. № 5. С. 3–33.

Басин 2014 — Басин Я. «Мерказ» и его ребе против ОГПУ // Заметки по еврейской истории. 2014. № 4 (174). URL: http://www.berkovich-zametki.com/2014/Zametki/Nomer4/Basin1.php (дата обращения: 10.10.2016).

Басманов 1979 — Басманов М. В обозе реакции. Троцкизм 30–70-х годов. М.: Политиздат, 1979.

Библия 1992 — Библия. Книги Священного Писания Ветхого и Нового Завета. М.: Изд. отдел Московского Патриархата, 1992.

Виноградов 1989 — Виноградов И. Пути и перепутья Василия Белова // Московские новости. 1989. 30 апр. №18. С. 11.

Ермаков 2020 — Ермаков О. За сибирским Вергилием. Заметки о романе Виктора Астафьева «Прокляты и убиты» // Дружба народов. 2020. № 9. С. 252–267.

Ермолин 2011 — Ермолин Е. Пленники Бабы-Яги // Континент. 2011. № 150. URL: https://magazines.gorky.media/continent/2011/150/plenniki-baby-yagi.html (дата обращения: 11.10.2019).

Ермолин 2016 — Ермолин Е. А. Астафьев // Последние классики. М.: Совпадение, 2016.

Журов 2013 — Журов А. Василий Белов: Опыт разлома // Новый мир. 2013. № 9. URL: http://magazines.russ.ru/novyi_mi/2013/9/13zh.html (дата обращения: 07.10.2016).

Золотусский 1968 — Золотусский И. Тепло добра. Проза Василия Белова // Литературная газета. 1968. 24 янв. № 4. С. 5.

История эсперанто // Википедия — свободная энциклопедия. URL: https://ru.wikipedia.org/wiki/История_эсперанто (дата обращения: 10.10.2016).

Кантор 1928 — Кантор М. На пути к социалистическому земледелию // Правда. 1928. 13 янв. №11. С. 1.

Карабчиевский 1990 — Карабчиевский Ю. Борьба с евреем // Даугава. 1990. № 6. С. 67–80.

Кожинов 1990 — Кожинов В. Статьи о современной литературе. М.: Советская Россия, 1990.

Кузнецов 1965 — Кузнецов Ф. Отчий родник // Комсомольская правда. 1965. 23 июля. №171. С. 3.

Кузнецов 1967 — Кузнецов Ф. Трудная любовь. Раздумья о деревенской литературе // Правда. 1967. 3 марта. № 62. С. 3.

Куняев 2004 — Куняев С. И свет и тьма (К 80-летию писателя Виктора Астафьева) // Наш современник. 2004. № 5. URL: http://nash-sovremennik.ru/p.php%3Fy%3D2004%26n%3D5%26id%3D7 (дата обращения: 18.11.2019).

Лекманов 2015 — Лекманов О. Загубленный талант // Medusa. 2015. 16 марта. URL: https://meduza.io/feature/2015/03/16/zagublennyy-talant (дата обращения: 16.09.2020).

Леонов 1994 — Леонов Л. Пирамида. Роман-наваждение: В 3 ч. Т. 2. М.: Голос, 1994.

Лобанов 1967 — Лобанов М. О слове и истоках его // Комсомольская правда. 1967. 5 апр. №80. С. 4.

Медведев 2003 — Медведев Ж. Арест Полины Жемчужины, опала Молотова и ликвидация Вознесенского // Сталин и еврейская проблема. Новый анализ. М., 2003. URL: http://scepsis.net/library/id_1712.html (дата обращения: 10.10.2016).

Митрохин 2003 — Митрохин Н. Русская партия. Движение русских националистов в СССР. 1953–1985. М.: Новое литературное обозрение, 2003.

Панков 1991 — «Кануны» Василия Белова / Сост. А. Панков. М.: Советский писатель, 1991. URL: https://www.booksite.ru/fulltext/kan/uny/abo/ut/ (дата обращения: 23.11.2019).

Пермяков 2019 — Пермяков А. Незабытое, не очень старое. О современной «деревенской» прозе // Новый мир. 2019. № 4.

URL: http://www.nm1925.ru/Archive/Journal6_2019_4/Content/Publication6_7163/Default.aspx (дата обращения: 17.06.2016).

Письмо 1990а — В Верховный Совет СССР, Верховный Совет РСФСР, в Центральный Комитет Коммунистической партии Советского Союза. Письмо писателей России // Литературная Россия. 1990. 2 марта. №9. С. 2–4.

Письмо 1990б — О русофобии («письмо 74-х»). URL: http://www.leonid-leonov.ru/o-rusofobii.htm (дата обращения: 07.10.2016).

Письмо 1990в — Письмо семидесяти четырех // Википедия — свободная энциклопедия. URL: https://ru.wikipedia.org/wiki/Письмо_семидесяти_четырёх (дата обращения: 05.10.2016).

Разувалова 2013 — Разувалова А. Писатели-«деревенщики» в поисках оппонента: Эстетика конфронтации и этика солидарности // Новое литературное обозрение. № 119. 2013. URL: https://www.nlobooks.ru/magazines/novoe_literaturnoe_obozrenie/119_nlo_1_2013/article/10313/ (дата обращения: 26.07.2019).

Разувалова 2015 — Разувалова А. Писатели-«деревенщики»: Литературная идеология 1970-х годов. М.: Новое литературное обозрение, 2015.

Ростовцев 2009 — Ростовцев Ю. Виктор Астафьев. М.: Молодая гвардия, 2009.

Селезнев 1983 — Селезнев Ю. Василий Белов: Раздумья о творческой судьбе писателя. М., 1983.

Селезнев 1981 — Селезнев Ю. Неведомая сила. Заметки о творчестве В. Белова // Москва. 1981. № 10. С. 202–207.

Славникова 1999 — Славникова О. Деревенская проза ледникового периода // Новый мир. 1999. № 2. С. 198–207.

Солженицын 2003 — Солженицын А. Василий Белов. Из «Литературной коллекции» // Новый мир. 2003. № 12. URL: http://magazines.russ.ru/novyi_mi/2003/12/solzh.html (дата обращения: 06.10.2016).

Соловьев 1986 — Соловьев В. «Цветы зла» на почве гласности // Время и мы. 1986. № 93. С. 200–204.

Шраер 1998 — Шраер М. Последний русский классик на пороге столетия: Предсмертный портрет Леонида Леонова // Литературное обозрение. 1998. № 4. С. 40–50.

Шраер 2002 — Шраер М. Интервью со Станиславом Куняевым // Солнечное сплетение. 2002. № 18–19. С. 369–391.

Шраер 2018 — Шраер М. Антисемитизм и писатели-«деревенщики»: Случай Виктора Астафьева // Защитим будущее. Сборник материалов 1-й Московской Международной конференции по противодействию антисемитизма / Ред. И. А. Альтман. М.: Ростов н/Д., 2018. С. 309–318.

Эренбург 1945 — Эренбург И. Стихи // Новый мир. 1945. № 1. С. 16.

Cosgrove 1987 — Cosgrove S. Introduction. The Russian Complex: The Eidelman-Astafiev Correspondence // Detente. 1987. Winter. P. 5–7.

Frankel 1992 — Frankel J. Modern Jewish Politics East and West (1840–1939). Utopia, Myth, Reality // The Quest for Utopia. Jewish Political Ideas and Institutions Through the Ages / Ed. Zvi Gitelman. London, 1992. P. 81–104.

Gillespie 1998 — Gillespie D. Valentin Grigor'evich Rasputin 1937- // Reference Guide to Russian Literature / Ed. Neil Cornwell. London: Routledge, 1998. P. 687–690.

Girard 1986 — Girard R. The Scapegoat / Transl. by Ivonne Freccero. Baltimore: Johns Hopkins UP, 1986.

Gitelman 2005 — Gitelman Z. Ethnicity and Terror: The Rise and Fall of Jews in the NKVD // Presented at the Annual Meeting of the Association for the Study of Nationalities: Columbia University. 2005. April 15.

Julius 1995 — Julius A. T. S. Eliot, Anti-Semitism and Literary Form. Cambridge: Cambridge UP, 1995.

Keller 1990 — Keller B. Russian Nationalists. Yearning for an Iron Hand // New York Times Magazine. 1990. 28 January. P. 47; Corrections // New York Times. 1990. 29 July. P. A3.

Marissen 1998 — Marissen M. Lutheranism, Anti-Judaism, and Bach's St. John Passion: With an Annotated Literal Translation of the Libretto. Oxford: Oxford UP, 1998.

Marissen 2014 — Marissen M. Tainted Glory in Handel's Messiah: The Unsettling History of the World's Most Beloved Choral Work. New Haven: Yale UP, 2014.

Matthiessen 1991 — Matthiessen P. Pearl of Russia // New York Review of Books. 1991. 14 February. P. 37–47.

McMillin 1998 — McMillin A. Vasilii Ivanovich Belov 1932- // Reference Guide to Russian Literature / Ed. Neil Cornwell. London: Routledge, 1998. P. 153–154.

Morson 1996 — Morson G. S. Apologetics or Negative Apologetics; or, Dialogues of a Jewish Slavist // People of the Book. Thirty Scholars Reflect on Their Jewish Identity / Ed. Jeffrey Rubin-Dorsky, Shelley Fisher Fischkin. Madison: University of Wisconsin Press, 1996. P. 78–97.

Morson 1983 — Morson G. S. Dostoevsky's Anti-Semitism and the Critics: A Review Article // Slavic and East European Journal. 1983. Vol. 27, № 3. P. 302–317.

Parthé 2004 — Parthé K. F. Russian's Dangerous Texts: Politics between the Lines. New Haven: Yale UP, 2004.

Rich 1999 — Rich E. On «In a Siberian Town» and Its Author // Michigan Quarterly Review. 1999. № 3. P. 378–392.

Sartre 1948 — Sartre J.-P. Que'est-ce que la littérature? Paris: Gallimard, 1948.

Sartre 1949 — Sartre J.-P. What Is Literature? // Transl. by Bernard Frechtman. New York: Philosophical Library, 1949.

Scriven 1993 — Scriven M. Sartre and the Media. New York: St. Martin's Press, 1993.

Shrayer 2003 — Shrayer M. D. Anti-Semitism and the Decline of Russian Village Prose // Partisan Review. 2003. № 3. P. 474–485.

Tolts 2020 — Tolts M. A Half Century of Jewish Emigration from the Former Soviet Union // Migration from the Newly Independent States. Springer, 2020. P. 323–344.

Благодарности

Эта работа началась в 1998 году при поддержке Кеннановского института по изучению России (Вашингтон, округ Колумбия).

Автор благодарит Бостонский колледж (Boston College) за многолетнюю поддержу своих научных исследований и за предоставленный издательский грант. Автор благодарен Энн Кенни (Anne Kenny) и ее коллегам по отделу межбиблиотечного обмена библиотек Бостонского колледжа за большую помощь.

Автор выражает благодарность Вере Полищук и Борису Ланину за ценные редакторские замечания и рекомендации по рукописи книги и Дарье Садовниченко за помощь с подготовкой сносок и списка литературы.

Автор благодарит Романа Рудницкого и Ирину Знаешеву за подготовку рукописи к печати, а также сотрудников санкт-петербургской редакции издательства Academic Studies Press за коллегиальность и профессионализм.

***

Без любви моих самых близких — моей жены Кэрен Лассер, наших дочерей Миры Шраер и Татьяны Шраер и моих родителей Эмилии Шраер и Давида Шраера-Петрова — эта книга осталась бы стопкой белой бумаги.

О книге Максима Д. Шраера «Антисемитизм и упадок русской деревенской прозы»

Их голосами русская деревня заговорила на весь мир. Они вернули память и достоинство крестьянину, мужику, рассказали о трагедии русской деревни в XX веке. Но в чем были причины и корни этой трагедии? Многие считают — в жестоком безбожном режиме. Максим Д. Шраер, глубоко исследовавший литературные произведения, опубликованные письма и публицистику писателей-«деревенщиков», приходит к выводу: обласканные властью, они во многих бедах упрекали не советскую власть, а своих соотечественников-евреев. Эта книга призывает к несогласию и спорам. Профессор Шраер написал ее с любовью к деревенской прозе и с горечью и недоумением по поводу антисемитских эскапад ее создателей.

Борис Ланин, профессор русской литературы Российского института театрального искусства

Трудно назвать другое направление в советской литературе, которое было бы более сплоченным, идеологически и эмоционально заряженным, художественно исчерпалось бы столь же катастрофически и подходило бы ближе к самым сокровенным и больным сторонам русско-советской национальной идентичности, чем деревенская проза. Русско-советский ресентимент, ставший основанием современной российской идентичности и национальной идеи, получил в лице писателей-деревенщиков едва ли не самых ярких своих выразителей. Три эссе, составившие книгу известного американского литературоведа Максима Шраера, дают портреты трех крупнейших писателей-деревенщиков. Вклад нутряного антисемита Астафьева, политического антисемита Белова и экологического антисемита Распутина в формирование культуры русско-советского ресентимента, которым пропитана политическая жизнь постсоветской России, выводит эту тему далеко за пределы истории литературы и делает наблюдения Шраера предельно актуальными.

Евгений Добренко, *профессор русской литературы Шеффилдского университета, автор книги «Поздний сталинизм. Эстетика политики».*

В книге Максима Д. Шраера поднята тема, которая долгие годы стыдливо замалчивалась отечественными критиками и филологами — антисемитизм наших писателей-деревенщиков. Можно в чем-то не соглашаться с автором (мне, например, показались упрощенными некоторые страницы, посвященные Виктору Астафьеву), но и это несогласие плодотворно — начинаешь мысленно спорить со Шраером и подбирать свои доводы. Книгу отличают ясность аргументации, стремление к научной объективности и разнообразие подобранного для разговора материала.

Олег Лекманов, *профессор русской литературы Высшей школы экономики, лауреат премии «Большая книга»*

Указатель имен

Азадовский, Константин 29
Алешковский, Юз 35
Аллилуева, Надежда 63
Альтман, Илья 100
Астафьев, Виктор 5–7, 10–11, 13, 15–40, 45, 68–69, 75, 81, 83, 89–90
Бабаевский, Семен 36
Бакланов, Григорий 36
Басин, Яков 66
Басманов, Михаил 54
Бах, Иоганн Себастьян (Johann Sebastian Bach) 9
Бейлис, Менахем Мендель 59
Белов, Василий 5–7, 13–15, 34, 41–74, 77, 81, 89–91
Белоцерковская, Наталья 41
Бердяев, Николай 23
Березовский, Борис 84
Берзер, Анна 16
Берман, Матвей 66
Св. Бернард Клервоский 23
Бондарев, Юрий 33
Бондаренко, Владимир 33
Бродский, Иосиф 35
Бушин, Владимир 33
Викулов, Сергей 33, 68
Виноградов, Игорь 54, 56
Вознесенский, Андрей 98
Войтецкий, Артур 17
Гайдар, Егор 84
Гендель, Георг Фридрих (Georg Friedrich Händel) 9
Герасимов, Иосиф 70
Герцен, Александр 27
Гиллеспи, Дэвид (David Gillespie) 87
Гительман, Цви (Zvi Gitelman) 57–58
Гитлер, Адольф (Adolf Hitler) 30, 50, 61, 86–87
Глушкова, Татьяна 80
Горбачев, Михаил 48
Гранин, Даниил 70
Гроссман, Василий 39
Джугашвили, Иосиф (см. Сталин)
Джугашвили, Яков 62, 65
Джулиус, Энтони (Anthony Julius) 8

Достоевский, Федор 10, 17
Дрейфус, Альфред (Alfred Dreyfus) 64
Дрюмон, Эдуар (Édouard Drumont) 63
Ежов, Николай 28
Ельцин, Борис 68
Ермолин, Евгений 10–11, 22, 26, 43, 90–91
Есенин, Сергей 42
Жемчужина, Полина (Перл Карповская) 62–63
Жирар, Рене (René Girard) 14
Журов, Александр 14, 70
Заболоцкий, Анатолий 95
Закс, Борис 16
Золотусский, Игорь 44
Зюганов, Геннадий 68
Иванов, Анатолий 33
Израэль, Юрий 77
Исаковский, Михаил 42
Каверин, Вениамин 70
Каганович, Лазарь 48–49, 51, 53, 55, 57, 59–62, 65
Казакевич, Эммануил 36
Калинин, Михаил 61–62
Каминский, Григорий 55
Кантор, М. Х. 52
Карабчиевский, Юрий 29, 89
Келлер, Билл (Bill Keller) 81–82
Кинг, Стивен (Stephen King) 24
Коган, Лазарь 66
Кожемяко, Виктор 83, 85

Кожинов, Вадим 44, 48, 66, 78, 80, 85
Корнуэлл, Нил (Neil Cornwell) 100–101
Косгроув, Саймон (Simon Cosgrove) 29
Кочетов, Всеволод 74
Кузнецов, Феликс 44
Кузнецов, Юрий 80
Куняев, Сергей 34–35
Куняев, Станислав 33–34, 48, 66, 69, 78, 81
Кураев, Михаил 35
Курбатов, Валентин 33
Кушнер, Александр 49
Лакшин, Владимир 30
Ланин, Борис 102
Лассер, Кэрен 102
Лебедев-Кумач, Василий 42
Левенталь, Марк 37
Лекманов, Олег 10
Ленин, Владимир 65
Леонов, Леонид 58, 80–81
Лермонтов, Михаил 25
Лобанов, Михаил 44, 81, 85
Людовик XVI 63
Макаров, Александр 36
Макмиллин, Арнольд (Arnold McMillin) 74
Мариссен, Майкл (Michael Marissen) 9
Маяковский, Владимир 42, 45
Медведев, Жорес 63
Меир, Голда 62–63

Митрохин, Николай 13
Михайлов, Александр 35
Молотов, Вячеслав 62–63
Монтанелли, Индро (Indro Montanelli) 87
Морсон, Гэри Соул (Gary Saul Morson) 10
Мэттьессон, Питер (Matthiessen, Peter) 81, 83
Набоков, Владимир 84, 109–110
Нагибин, Кирилл 37
Нагибин, Юрий 37–38
Немцов, Борис 84
Николай II 22
Никулин, Лев 17
Остер, Григорий 45
Парте, Катлин Ф. (Kathleen F. Parthé) 6
Пермяков, Андрей 92
Полищук, Вера 102
Поскребышев, Александр 59
Проханов, Александр 33, 81
Разувалова, Анна 6, 29
Распутин, Валентин 5–7, 13, 15, 45, 68, 75–88, 90
Рич, Элизабет (Elizabeth Rich) 83
Ришина, Ирина 33
Розенберг, Альфред (Alfred Ernst Rosenberg) 48, 50
Романо, Серджио (Sergio Romano) 86–87
Ростовцев, Юрий 10, 16

Рютин, Мартемьян 65
Савицкий, Дмитрий 29–30
Садовниченко, Дарья 102
Сапронов, Геннадий 94
Сартр, Жан-Поль (Jean-Paul Sartre) 92–93
Селезнев, Юрий 44, 54
Сенека, Луций Анней 86
Скривен, Майкл (Michael Scriven) 92
Славникова, Ольга 67–68, 91
Солженицын, Александр 73–74
Соловьев, Владимир (философ) 23
Соловьев, Владимир (писатель) 29
Сталин, Иосиф 38, 49, 51–53, 57, 59, 61–65, 67, 92
Стасов, Владимир 28
Твардовский, Александр 42
Толстой, Лев 27
Тольц, Марк (Mark Tolts) 23
Трифонов, Юрий 70, 109
Троцкий, Лев (Лейба Бронштейн) 48, 52–55, 57, 59
Уайльд, Оскар (Oscar Wilde) 15
Френкель, Джонатан (Jonathan Frankel) 47, 65
Фреччеро, Ивонн (Ivonne Freccero) 100
Фречтман, Бернард (Bernard Frechtman) 101

Хемингуэй, Эрнест (Ernest Hemingway) 21–22
Че Гевара, Эрнесто (Ernesto "Che" Guevara) 93
Черкасский, Михаил 35
Чубайс, Анатолий 84
Шатров, Михаил (Маршак) 36
Шафаревич, Игорь 30, 78, 81, 85
Шафран, Даниил 45
Шмаков, Алексей 59, 62–65
Шраер-Петров, Давид 102, 108–109
Шраер, Максим Д. (Maxim D. Shrayer) 6, 58, 69, 108–110
Шраер, Эмилия (Поляк) 102, 108
Шукшин, Василий 13
Эйдельман, Натан 23, 25–31, 34, 83, 89–90
Эйхе, Роберт 60
Элиот, Т. С. (Thomas Stearns Eliot) 8
Эренбург, Илья 40
Юровский, Яков 28
Ягода, Генрих 57, 65–66
Яковлев, Яков Аркадьевич (Эпштейн) 55–60, 62
Ярославский, Емельян (Губельман) 60

Об авторе

Максим Д. Шраер (Maxim D. Shrayer) родился 1967 году в Москве. Вместе с родителями, писателем Давидом Шраером-Петровым и переводчицей Эмилией Шраер (Поляк), провел более восьми лет в отказе и летом 1987 года иммигрировал в США.

Учился в Московском государственном университете, окончил Браунский университет (отделение сравнительного литературоведения), а в 1995 году получил докторскую степень в Йельском университете. В настоящее время профессор в Бостонском колледже (Boston College). Руководит проектом по изучению российского и евразийского еврейства в Центре Дэвиса в Гарвардском университете.

Двуязычный автор и переводчик, Шраер опубликовал более пятнадцати книг на английском и русском языках. Удостоен национальной еврейской премии США в 2008 году и стипендии Фонда Гуггенхайм в 2012 году.

В 2007 году на английском языке вышел документальный роман Шраера «В ожидании Америки» («Waiting for America»), в 2013 году он был издан в русском переводе, а в 2016 году вышло второе издание. Продолжением темы стала в 2013 году мемуарная книга «Бегство» («Leaving Russia») — приквел к книге «В ожидании Америки».

Англоязычная проза и переводы Шраера опубликованы в таких известных американских журналах, как Agni, Kenyon Review, Partisan Review, Southwest Review, Tablet Magazine и др. Его рассказы и новеллы собраны в книгах «Йом-Киппур в Амстердаме» («Yom Kippur in Amsterdam»; 2009) и «Русский иммигрант» («A Russian Immigrant»;

2019). В 2020 году в Бостоне была издана новая книга стихов Шраера «Of Politics and Pandemics».

На русском языке вышли три сборника стихов Шраера: «Табун над лугом» (1990), «Американский романс» (1994), «Ньюхэйвенские сонеты» (1998). По-русски проза и стихи Шраера печатались в журналах «Время и мы», «Дружба народов», «Новый мир», «Побережье», «Сноб» и др., а также во многих антологиях. Книга избранных рассказов Шраера «Исчезновение Залмана» вышла в Москве в 2017 году.

Шраер переводил на английский произведения Павла Антокольского, Эдуарда Багрицкого, Льва Гинзбурга, Самуила Маршака, Ильи Сельвинского, Бориса Слуцкого, Юрия Трифонова, Давида Шраера-Петрова и других поэтов и прозаиков.

Список литературоведческих и биографических книг включает: «The World of Nabokov's Stories»; «Russian Poet / Soviet Jew: The Legacy of Eduard Bagritskii»; «Набоков: Темы и вариации» и др. В соавторстве со своим отцом, Д. Шраером-Петровым, выпустил монографию «Генрих Сапгир: классик авангарда» (2004; переиздана в 2017 году). В 2013 году в США вышла книга Шраера «I SAW IT: Ilya Selvinsky and the Legacy of Bearing Witness to the Shoah», а в 2014-м в Москве была издана его книга «Бунин и Набоков. История соперничества», ставшая бестселлером и переведенная на несколько языков. В 2019 году вышло третье, расширенное издание книги «Бунин и Набоков».

Произведения Шраера переводились на немецкий, хорватский, японский, итальянский, словацкий, китайский и другие языки.

Максим Д. Шраер живет в предместье Бостона и на Кейп-Коде вместе с женой и двумя дочерями.

Сайт автора: www.shrayer.com

Содержание

Краткая предыстория 5
Антисемитизм писателя, оценка критика
   и отравленные плоды апологетики 8
Писатели-«деревенщики» и еврейский вопрос 13
Виктор Астафьев. Нутряной антисемит вопреки
   самому себе 16
Василий Белов. Политический антисемит
   на хромой белой лошади 41
Валентин Распутин. Экологический антисемит
   на перепутье истории 75
Вместо заключения. Свобода, ответственность
   и бремя антисемитизма 89

Источники 94
Библиография 97
Благодарности 102
О книге «Антисемитизм и упадок русской
   деревенской прозы» 103
Указатель имён 105
Об авторе 109

Научное издание

Максим Д. Шраер
АНТИСЕМИТИЗМ И УПАДОК РУССКОЙ ДЕРЕВЕНСКОЙ ПРОЗЫ
Астафьев, Белов, Распутин

Директор издательства *И. В. Немировский*

Ответственный редактор *И. Знаешева*
Дизайн *И. Граве*
Редактор *Р. Рудницкий*
Корректоры *А. Нотик, В. Спешнева*
Верстка *Е. Падалки*

Подписано в печать 06.10.2020.
Формат издания 60 × 90 $^1/_{16}$. Усл. печ. л. 7,0.
Тираж 500 экз.

Academic Studies Press
1577 Beacon Street, Brookline, MA 02446 USA
https://www.academicstudiespress.com

ООО «БиблиоРоссика».
190005, Санкт-Петербург, 7-я Красноармейская ул., д. 25а

Эксклюзивные дистрибьюторы:
ООО «Караван»
ООО «КНИЖНЫЙ КЛУБ 36.6»
http://www.club366.ru
Тел./факс: 8(495)9264544
email: club366@club366.ru

Знак информационной продукции согласно Федеральному закону от 29.12.2010 № 436-ФЗ